說給我的孩子聽系列　**面對人生的10堂課**

說給我的孩子聽系列　**面對人生的10堂課**

面對人生的10堂課

對台灣的愛

出版序

學校沒有教的事，讓我們說給孩子聽

有好多事，我們想說給孩子聽。

教改實施後，升學壓力仍在，許多家長雖然於心不忍，卻還是得讓孩子面對激烈的學習競爭。「不能輸在起跑點上。」我們常這樣叮嚀孩子，但看到孩子拖著疲累的步伐趕赴學校、補習班，看到孩子的眼神不再有熱情和渴望，對自己失去信心，我們還能說服自己，這一切都是爲他們好嗎？

記得有個朋友曾聊起他的兩個兒子。他的大兒子功課很好，從進小學到畢業，都是第一名；小兒子調皮好動，功課總是吊車尾。他和他太太覺得，上天已經給了他們一個優秀的兒子，如果要求兩個孩子一樣好，那就太貪心了。既然小兒子不是讀書的料，他們對他的教育一向是「快樂就好」，讓他自由參加活動、發展興趣，從不逼他讀書。

上國中後，有一天，小兒子的導師打電話給他：「你兒子的智力測驗全班最高，功課卻很不好，我教書二十多年，從沒見過這種情形。」熱心的導師鼓勵他小兒子讀書，從此成績開始進步，後來考上醫學院，當了醫師。

原來，他小兒子是自覺比不上哥哥才不想唸書。由於父母沒給壓力，他得以自由發展，一直過得很快樂。朋友相信，就算他小兒子功課一直不好，考不上好學校，這種樂觀的態度也會跟著他，使他一生都受益！

聽了這段往事，讓我感觸很深，我想我們做父母的有必要重新思考，什麼樣的教育對孩子最有益？哪些人生建議能眞的幫助他們成長？

其實，教育最初的目的，是幫助一個人了解自己、發展自己，並能在生活中實際參與及互動。讀書考試之外，還有好多我們必須天天面對的事：

金錢——建立正確的金錢觀念，創造價值

時間——培養正確的時間觀念，把握分秒

個體與群體——認同群體，發展自我

溝通與表達——說自己想說的話，與世界相連

興趣與志向——做自己想做的事，發揮所長

身心健康——愛護身體，學習保健之道

生與死——了解生命的價值，體會生命的祝福

邏輯與智慧——提升思考能力，擴展人生格局

對台灣的愛——深化對家鄉的認同與感情

未來生活——展望未來，有自信面對未知的變化

這些事，在教科書裡找不到，考試也不會考，卻與人生幸福息息相關，需要我們說給孩子聽！這些事，就編寫在《說給我的孩子聽——面對人生的10堂課》裡，是您給孩子最好的禮物！每個主題都包含多則小故事，在孩子探索的過程中，您的陪伴將給他們信心，您的分享能減少他們的摸索——每則故事後還附有延伸問答，您和孩子可以輕鬆開啓話匣子，分享彼此的想法。

多麼希望在自己年輕時，也有這樣一套書來說給我們聽，減輕我們人生路上的徬徨與不安。早知道，早幸福，總有一天，孩子也跟我們一樣要面對眞實的世界，相信有了這10堂課，他們對未來會更有信心！

簡志忠

面對人生的10堂課

有緣共寫歷史 073

對台灣的愛

前言

全都是愛上台灣的人

回顧台灣短短的四百年歷史，許多人來到這座島上，似乎是迫於無奈。

一六四四年，明朝滅亡。一六六一年，一心反清復明的鄭成功，爲了長期對抗清朝，帶著部將跨海來台建立根據地。

一六八三年，清廷將台灣納入版圖，此後雖然禁止漢人移民到台灣，但許多貧民爲了生計，冒著很大的風險，偷渡到台灣尋求更好的生活。

一八九四年，中國在甲午戰爭戰敗，清廷把台灣和澎湖割讓給日本，台灣從此接受日本統治五十年。

一九四九年，國民政府帶著一百多萬軍民來台灣，爲躲避戰亂而暫時定居在此，許多人思慕著家鄉，希望有一天可以回去。

五十多年過去了，現在台灣人已經可以到中國大陸經商、定居，也可以申請移民到國外，但多數人仍繼續定居在這裡。這一次，並不是迫於無奈。

爲什麼人們要留在這裡呢？

因爲台灣經過多年的發展，早已成爲民主自由的樂土。雖然台灣只是個小小的島嶼，卻靠著人民的勤勉奮鬥，創造了政治開放、經濟繁榮、社會富足的豐碩成果。

我們可以看到，許多人堅守工作崗位，爲心愛的人、心愛的家園而流血、流汗。

我們可以看到，各行各業展現著才華和創意，穿梭於世界舞台，打響了家鄉的名號，讓全世界認識這一座活力豐沛的寶島。

我們還看到，許多外國友人來到台灣，愛上台灣，也樂於在此落腳，貢獻自己的才華。

這些人，就在你我身邊，向我們證明，愛台灣絕不只是一個念頭或口號，愛台灣也絕不只有單一的方式！《面對人生的10堂課——對台灣的愛》透過三十則小故事，描寫在這塊土地上不同人的樣貌，而每則故事之後，更編寫耐人尋味的問答，藉由小朋友和大朋友的對話，提示多元的觀點，也讓親子有延伸討論的空間。

我們能擁有這一切，絕不是偶然，盼望下一代能更了解自己的家鄉，感念曾爲這塊土地奉獻的人。相信只要懷抱著愛與希望，在這座美麗的島嶼上，必將發生更多美好的事情。

感謝吳念眞先生、陳怡安小姐、徐仁修先生，在書中與讀者分享對台灣這塊土地的體驗和看法。

守護你我的家園

環保人員爬到煙囪上面做什麼？
義勇消防隊員不怕生命危險嗎？
清道夫每天早上幾點起床？
在山上種高冷蔬菜，為什麼會加重土石流？
商人捲款跑到國外去，會影響到我嗎？
買票選民代的人，貪圖什麼好處？
地震過後滿目瘡痍，災民怎麼活下去？

新民的爸爸爬煙囪

環保人員守望美好環境

開學第一週的說話課，導師請班上同學輪流作自我介紹，一方面訓練同學的語言表達能力，另一方面讓大家相互了解，彼此更熟悉。

「自我介紹」讓有些同學很爲難，因爲有些人不希望讓別人知道家中的私事或困境，例如有的同學父母離婚，有的同學是單親家庭，有的父母失業等。關於這點，老師很體貼，他說明：同學們可以自由選擇要講的內容，可以只談自己，也可以談父母，或兄弟姊妹。如果有不想讓別人知道的「祕密」，就保留在心中，不必說出來。

結果這一堂說話課眞熱鬧，一節課的時間根本不夠用。沒輪到的同學，下星期還得繼續。這樣總共進行三個星期，大家才輪完。

經過這次自我介紹，立英了解到，班上同學的父母幾乎都在上班。全班

四十二位同學的父母職業包羅萬象，包括軍人、警察、教師、公司老闆或職員、公務員、美容或美髮師、醫護人員、律師、工廠作業員、業務員、作家、畫家、室內設計師、貨車及計程車司機、郵差、褓母、家庭代工等。立英從沒想到，社會上有這麼多不同的職業，眞令她大開眼界。

至於同學父母的上班時間，更讓立英驚訝。原來並不是每個人都像她的爸媽那樣，朝九晚五、週休二日，過著規律的生活。大人上班的時間，眞是五花八門，有的早上四點起來送鮮奶，有的五點趕著賣早點，有的在工廠、醫院上小夜班、大夜班，有的需要値班一整天不能休息，有的因爲要加班，沒有週休二日……

其中，立英對新民的自我介紹，印象最深刻，因爲新民的爸爸是「爬煙囪專家」。

「我爸爸幾乎每個星期都要出差，到台灣各地的工廠爬煙囪。」當新民介紹他爸爸的工作時，大家都覺得很驚奇。新民的爸爸不是公務員嗎？怎麼會跟煙囪扯上關係？

「我爸爸在環保單位工作。他和他的同事經常要爬到四、五十公尺高的煙囪上，採集工廠排放的廢氣，當作樣品，再帶回實驗室分析，檢驗樣品裡有沒有會污染環境的物質。我爸爸說，這個工作很重要，如果查出樣品裡含有對環境有害的物質，政府就會請工廠改善。」新民說得眉飛色舞，大家聽得目瞪口呆。

「我爸爸還說，在高高的煙囪上，可以眺望遠處的青山綠水，以及海邊白色的浪花，風景美得令人心曠神怡哦！」大家聽了都很羨慕。

「我媽媽說，爬煙囪是很辛苦且危險的工作，所以每次爸爸出差完回家，要讓他多休息。記得幾年前，有一次我爸爸爬煙囪，因爲煙囪冒出來的煙很毒，爸爸和他的同事中毒昏倒在煙囪上，幸好及時被發現，送醫搶救後，平安無事。」

每個人自我介紹的時間只有五分鐘。雖然新民的時間到了，可是聽他說他爸爸的英勇事蹟，我們都聽得津津有味，老師破例讓他延長兩分鐘。

「爸爸出院後，我們都希望他不要再去爬煙囪，可是爸爸說：『從哪裡跌倒，就要從哪裡爬起來。』他還說：『我們單位裡會爬煙囪的同事不多，我不爬，人力就不足了。而且有了這次的寶貴經驗，我可以把工作做得比以前更好。』所以，我爸爸現在還是到各地去爬煙囪，晒得黑黑的回家。」

新民說完，大家給他熱烈的掌聲。

（吳嘉玲）

新民的爸爸真偉大，令人佩服。

我也很佩服他。社會上有各種不同職業的人，每個人都努力工作，他們不只是爲了自己及家人的溫飽而工作，也負起責任，貢獻給社會，使社會繁榮成長。

我們班上有個同學的媽媽是護士。SARS流行的時候，她為了照顧病人，有一個多月都沒有回家。他的媽媽也很偉大。

有這些人的貢獻和付出，讓我們的社會變得更好了。

舅媽的救火英雄

消防隊員冒險犯難護家園

「這麼晚了還要去？」已經晚上十一點了，舅媽正和舅舅通電話，她的語氣帶著擔心。不用說，一定是舅舅又要去幫忙救火了。

舅舅是水電行老闆，也是義勇消防隊的隊員，只要鎮上發生火警，或有其他需要幫忙的事，他一定放下手邊的工作，立刻出動。助人是好事，舅媽本來也很支持他，可是自從上次舅舅在火場受傷，整整休養了一個月才康復之後，舅媽就很反對他再去救火。

「他就是這樣，我說了多少次都不聽。」舅媽放下電話，對著媽媽抱怨：「多一個或少一個消防隊員，也沒什麼差別啊！更何況他只是義工，萬一有個三長兩短，那多划不來！」

不過，我倒是很喜歡聽舅舅講救火的故事，每次媽媽帶我來舅舅家玩，我一定會黏著舅舅，要他再講一次前年鎮上的百貨公司發生火災，他從火場中救出五個人的英勇事蹟。有時舅舅也會帶我去義勇消防隊參加講習，可惜我的年紀太小，不然我也想加入義消，當一名救火英雄。

「鈴——鈴——」那天凌晨一點鐘左右，電話突然響起。朦朧中，我聽見爸爸跟媽媽講了幾句話，好像在交代什麼事，然後就匆匆忙忙的出門了。我又聽到媽媽一直在撥電話，不曉得發生了什麼事。可是，我實在太睏，連眼皮都睜不開，不一會兒又迷迷糊糊的睡著了。

隔天一大早，媽媽把我叫醒：「趕快起床洗臉刷牙，我們要去舅舅家。」「這麼早去舅舅家做什麼？」我揉揉惺忪的雙眼，還想多睡一會兒。「昨天晚上舅舅的鄰居家發生火災，還好全部的人都逃出來了。我們去看看有什麼需要幫忙的。」

聽到這個消息，我的睡意一下子全消了，真不敢相信這樣的意外也會發生在舅舅家。

媽媽帶我到舅舅家，我們看見隔壁四樓的陽台和窗戶被燒得焦黑一片，火已經撲滅了，現場還很凌亂。舅舅家的這一棟看起來並沒有什麼損傷。我們在樓下遇到爸爸、舅舅和舅媽，他們正在協助受災戶清理家園。

「眞是不幸中的大幸。」舅舅看到我們，暫時停下手邊的工作說：「幸好發現得早，在火勢蔓延之前就把火撲滅了，也沒有任何人員傷亡。」

接著舅媽說：「還好有你舅舅，昨天晚上他和一群義消的朋友聚餐，聊到很晚才回家。他走到巷子口時，發現隔壁鄰居家有濃煙冒出來，就立刻通知消防隊。他也打電話回家，想叫我趕緊逃出來。」

「可是你舅媽睡得太熟了，根本沒聽見電話鈴聲，所以我就衝進屋裡去叫她。」舅舅看了舅媽一眼，接著說：「那時濃煙已經從窗戶竄進來了，我帶著你舅媽，用沾濕的毛巾摀住口鼻，以匍匐前進的方式避開濃煙逃出來。」

「是啊！我眞不敢想，如果再晚一點逃出來，會有什麼後果。」舅媽接著又對舅舅說：「你們義勇消防隊什麼時候再辦講習訓練？我也要參加。」看來，現在舅舅不只是我一個人崇拜的偶像，也是舅媽心目中的救火英雄了。

（吳立萍）

不是已經有消防大隊了，為什麼還需要義勇消防隊呢？

消防大隊的人員編制是固定的，但火警是突發的，爲了避免救災時人手不足，就另外組織義勇消防隊，請義工來協助救災、救難。

義工不是不領酬勞的嗎？義勇消防隊員必須進出危險的火場，冒生命的危險，為什麼還是有人願意做？

我們生活的家園是大家共有的，家園裡發生的事，跟每個人都有關，所以每個人都有義務去關心、愛護它。火警是公共災害，如果蔓延開來，很容易造成難以彌補的傷亡。加入義勇消防隊，就是以實際的行動來表示對家園的愛。

火場這麼危險，他們都不怕嗎？

加入義勇消防隊，必須接受完整、嚴謹的訓練，救火時也要特別提高警覺，注意安全，以避免發生危險。

這些義勇消防隊員是社會的無名英雄，保護我們的安全。等我長大，也要向他們看齊！

愛山的爸爸

巡山員守護山林

小杰跟媽媽一起住在台中，媽媽是小學老師，小杰每天上學，就和媽媽一起去學校。大家都很羨慕他們母子感情好，可是小杰卻常常覺得很落寞，因爲他一直希望爸爸能到台中跟他們一起住。

今年放暑假的時候，爸爸有次打電話回家跟媽媽說，今年父親節輪到他休假，他要到台中來跟小杰一起過父親節。媽媽把這件事告訴小杰。

「爸爸眞的會回來嗎？」小杰不敢抱太大的希望。

聽小杰這麼說，媽媽愣了一下，然後認眞的對他說：「小杰，爸爸是泰雅族人，所以想留在山裡。」

「山裡有什麼好？奶奶家常常沒水沒電的，爲什麼他們喜歡住在山裡？」小杰很不以爲然。

媽媽發現小杰對爸爸想留在山裡的想法有些不認同，她覺得這樣並不好，便打算讓小杰回山上住兩個星期，一方面讓他有機會多跟爸爸相聚，另一方面也讓他明白，爸爸爲什麼要留在山裡。

小杰本來不明白，爲什麼媽媽只要聽說有山難的消息就會很緊張？像前幾天，幾個台北的大學生在山上迷路了，林管處動員了好多人去救他們，媽媽目不轉睛的盯著電視新聞看。

「媽，我想看幼幼台！」小杰沒好氣的說。

「小杰你看！爸爸在那裡！」媽媽忽然指著電視螢幕。

小杰看向電視，爸爸眞的在裡面耶！爸爸背著一個奄奄一息的女孩子走下山坡，把她放到擔架上，讓救護車送走，記者馬上圍過去問爸爸問題。

「失蹤的四個學生已經全部找到了，這個女孩子的右手骨折，是最嚴重的，其他人沒有大礙。」爸爸對著鏡頭回答。

爸爸好了不起哦！可是，他不是巡山員嗎？爲什麼還要幫忙救人？媽媽解釋說，那也是巡山員的工作之一。

小杰回到山上跟奶奶住了幾天，都沒見到爸爸，這才知道，原來爸爸常常不回家住。奶奶告訴小杰，巡山員要在一天之內走遍整座山是有困難的，所以常會住在臨時搭建的工寮裡，隔幾天才回家一次。

奶奶帶著小杰在山上到處走，告訴他：這是以前你爸爸爬過的樹、游過泳的小河、奔跑過的草地……漸漸的，小杰體會到爸爸爲什麼想留在山上了。

過了五天，爸爸終於回來看小杰。

「爸，我在電視上看見你了！」小杰說。

「是嗎？其實爸爸眞希望你以後都不要在電視上看見我呢！」爸爸有點感傷的說。

「爲什麼？」小杰覺得很奇怪。

「如果你在電視上看見我，就表示這座山出了問題。」爸爸解釋說：「所以我希望你不會在電視上看見我。」爸爸做這麼辛苦的工作，一定是因爲他很愛這座山，爸爸愛山的心遠勝過一切！小杰忽然有點懂了。

吃晚飯的時候，爸爸從無線電收到通知，說發現了「山老鼠」，要爸爸過去支援。爸爸看起來非常嚴肅，連飯也沒來得及吃完，就整裝出門了。一隻老鼠值得爸爸這麼生氣嗎？那一定是一隻超級大老鼠囉？

（吳書綺）

巡山員真的這麼辛苦嗎？又要救人、又要巡守山林、救火……甚至抓老鼠！真是辛苦的工作啊！

所謂的「山老鼠」是指偷砍樹的人，不是眞正的老鼠。巡山員可以說是山林的守護使者，他們每天的工作就是巡守山林，留意有沒有人偷砍樹木或盜獵動物。爲了維護整座山的原始樣貌和安全，每天要走很多路，這是很辛苦的工作。

難怪山上發生山難或有火災的時候，巡山員總是最先知道。那當巡山員的人都是原住民嗎？

當然不是，只是巡山員通常要駐守山林，常常爬山，所以體力必須很好，而原本住在山上的原住民當然就是比較適合的人選了。

虎口下的掃街婦

清道夫為環境梳妝

美智和弟弟放暑假，爸媽送他們回南部阿公、阿嬤家住一段時間。爲了趕在吃午飯前到達，他們早上五點多就開車上路。

早上五點多，太陽剛升起，雖然天已亮，可是並不熱，坐在車裡感覺很愉快。路上的車很少，也幾乎沒有行人。美智的爸爸車開得很快。

「我們出發得早，時間很充裕，不需要開這麼快，這樣很危險……」美智的媽媽不放心的說。

「唧——」沒想到話還沒說完，爸爸就來了個緊急煞車，尖銳的煞車聲，驚醒了在後座半夢半醒的美智和弟弟，不知發生了什麼事。還好他們都有繫安全帶的習慣，才不至於因劇烈的煞車向前彈離座位。

「好險！差點撞到人！」美智的爸爸驚魂甫定，自言自語的說。

他把車子慢慢停到路邊，從車上下來，爲了安全，先在車子後方放了一個故障標識牌，然後走向一位蹲坐在地上的婦人。婦人因爲剛才受到驚嚇，臉色蒼白。

爸爸向婦人連聲道歉：「對不起對不起，我開得太快了。」他問那婦人有沒有受傷。

「差一點啦！開快車很危險，你知不知道？」婦人大聲的說：「不要以爲路上車子少，就可以開快車！你知不知道，我們掃街的人，在你們還沒起床之前就出來做事了？等你們睡飽了，我們早就把街路打掃得一片紙都無。你們有車開的人，眞要好好疼惜我們艱苦人。」

婦人這一番話，讓美智一家人很慚愧。他們扶起婦人，並把她的清掃工具收拾好。爸爸說要開車送她回家休息，她不肯。

「不行，我要把今天的工作做完。」她說完，拿起掃把和畚箕繼續清掃。

美智的媽媽從婦人的工具簍子裡取出夾子，和爸爸一起夾拾街上的垃圾。美智和弟弟沒有工具，就徒手撿拾人行道上的紙和塑膠袋。五個人一起做，不到六點鐘，已經把一段街道清理乾淨了。

CB3 73

清理出兩大簍滿滿的垃圾，他們一家人才體會到，原來掃街人是這樣辛苦。爸爸再次向婦人道歉，並給她一個紅包壓驚。婦人收下紅包袋，把裡面的錢拿出來還給他。

送別婦人之後，美智一家人重新上路。現在爸爸車速減慢，變得謹慎多了。四個人在車子裡都沒有說話，美智望著窗外的街景，回想剛才那樁有驚無險的事件。

一路上，每隔幾條街就可以看到有身穿反光背心的環保掃街人在清掃街道。這幅景象她以前從來沒有注意過：原來平常見到乾淨、整潔的道路，都是由許多掃街人默默的冒生命危險完成的。

（吳嘉玲）

每天清晨，天還濛濛亮，許多人還沒起床，掃街的人已經在街道上工作了。然而，有些人卻以爲大清早路上沒人、沒車，便隨意開快車，很容易因此發生車禍。

有一次媽媽帶我出國旅行。為了趕搭早班飛機，我們五點多就搭計程車到機場。媽媽看街上車少又沒人，就請司機開快點。司機告訴我們：「這個時候千萬不可以開快車。早上雖然人車比較少，但是視線不良，反而容易出事。」

是啊，而且這個時候路上有掃街的人，以及早起運動的老人家，開車應該比白天更小心！

我記得有好幾次看到新聞報導，掃街人被酒醉的駕駛撞死，看了真令人難過。掃街的工作真的很危險。

公共的人行道、車道及高速公路，是由政府出錢僱人清掃。這種工作辛苦且危險，而且工資不高，大多是沒有專長的中年人在做，爲了生活，也就顧不得危險了。

如果大家不亂丟垃圾，寵物不隨地排泄，掃街的人就不會這麼辛苦了。

是啊！掃街人辛苦工作，爲大家維護環境的整潔，讓我們的生活環境更好。我們應該疼惜掃街人，減輕他們的工作負擔，多多發揮公德心和愛心，不製造髒亂。

拜訪卡通大師

發揮創意，製作自己的卡通

正浩從小就很喜歡看卡通，最喜歡的卡通人物是森林王子——泰山。

正浩的叔叔常到國外出差，他知道正浩喜歡卡通人物，有機會就從國外帶一些卡通玩偶或紀念商品給正浩。正浩一直夢想著去日本或美國的迪士尼樂園玩，常常吵著要爸媽帶他去，可是出國一趟要很多錢耶！媽媽說不能去，正浩很失望。

媽媽把這件事告訴叔叔，叔叔想了一下，就打電話給正浩。

「正浩，我帶你去找畫泰山的卡通大師好不好？」叔叔在電話裡說。

「眞的嗎？太好了！」正浩一聽，以爲叔叔要帶他出國，非常高興。「那我星期一就去學校請假。」

「不必請假。」沒想到叔叔回答說：「也不必出國，今天下午我們就可以

去了。」

正浩聽了半信半疑，難道是迪士尼的卡通大師來台灣訪問嗎？他怎麼都沒聽說？

下午叔叔開車來接正浩，帶他到了一個地方，一進門就看到許多卡通人物的圖片貼滿牆上和桌上，正浩看得目不轉睛。這時候叔叔才跟正浩解釋，原來這是一家動畫製作公司，裡面的「原畫師」陳阿姨是叔叔的朋友，曾經參與泰山卡通的製作。

陳阿姨告訴正浩，一部卡通片的誕生可分爲「前期設計」與「後期製作」兩部分。「前期設計」包括寫故事劇本、設計卡通人物造型及背景，然後要依照劇情畫出分鏡的腳本。

「後期製作」則是依據分鏡的腳本，來製作每一幕的內容。其中「原畫師」算是靈魂人物，要負責想像並畫出這些卡通人物會怎麼走、怎麼跑，使卡通人物「活起來」，然後再由「動畫師」將動作補充得更完整，之後還要上色以及與背景搭配在一起，才能進行卡通圖片的拍攝。

「爲了使動作看起來流暢，一秒鐘的動畫需要播放二十四張圖呢！你可以算算看，十分鐘的動畫需要多少張圖？」陳阿姨說。

「一分鐘有六十秒，十分鐘就有六百秒，所以二十四乘以六百……」正浩算出答案後很驚訝：「哇！如果要一張一張畫，那豈不是要畫很久？」

陳阿姨笑著說：「是啊！所以卡通公司爲了要更快推出好看的卡通，通常把『後期製作』的工作都外包出去，也就是請別人來幫忙加工。台灣就曾經是全世界卡通加工的第一名哦！」

正浩這才知道，原來有很多他喜歡看的卡通影片，都是在台灣進行後期製作的。

陳阿姨畫卡通已經有十幾年了，如果把所有的圖稿都留下來，恐怕可以堆成一座小山了吧？

「卡通眞的很迷人，我自己很喜歡看卡通，已經幫外國的卡通公司畫了這麼多卡通，有一天我要爲自己畫。」陳阿姨說：「現在有了電腦的幫忙，自己創作卡通，不再是遙遠的夢想了！」

參觀過動畫製作公司之後，正浩才知道卡通製作需要許多人一起合作。如果有一天，台灣人也能創作出叫好又叫座的卡通，那一定很棒！他牢牢的

記著陳阿姨對他說的：「要做出一部好的卡通，技術不可少，但創意才是最重要的。」（薛文蓉）

原來台灣也有很多人在畫卡通啊！

當年台灣的動畫製作公司引進美國的制度，製作卡通不但速度快，品質又好，日本及歐洲的卡通都會找台灣人加工，台灣人的學習能力及工作態度都是令人肯定的。如今這個條件仍在，但現在更要積極的跟上時代、追求進步，學習相關的電腦技術，才能保持競爭力。

為什麼陳阿姨認為創意最重要？

如果能以創意設計自己的卡通，就能擁有版權，無論是將卡通播映權賣給電視台、圖像授權給其他人使用，或販售卡通人物的週邊商品，都能獲得更多利潤。如果單純的只幫別人加工卡通片，賺的只是工錢，獲益是有限的。

像迪士尼最受歡迎的米老鼠，在被創造出來的這麼多年以後，仍然不斷的爲迪士尼賺錢，賺到的錢可以用來製作更多好看的卡通！台灣人製作卡通的經驗豐富，只要努力開發創意，相信一定也可以創作出世界級水準的作品。

都是高冷蔬菜惹的禍？

短視近利害了台灣

「預計再過五個小時，台灣北部就會籠罩在颱風的暴風圈內，請大家務必做好防颱措施。」

看著電視上的氣象快報，爸爸很無奈的對媽媽說：「快一點，吃飽了，我們要趕在颱風來之前把菜割一割。」爸爸轉頭對國強和國華說：「你們兩個也要來幫忙。」

國強家住在山上，爸爸是菜農，栽種高冷蔬菜，雖然還不到可以收割的時間，但是因爲颱風要來了，爸爸擔心血本無歸，要國強和國華也幫忙收割高麗菜。

「可是爸，你不是說這些高麗菜還要過一個禮拜才能收割嗎？」國強問。

「如果我們現在不趕快收割，等颱風來了，會被風雨吹壞，到時候就全泡湯了。」爸爸很無奈的說。

匆忙吃過飯後，國強一家人趕緊去收割高麗菜，雖然有些菜看起來還太小，不能賣到好價錢，可是也管不了這麼多，賣得不好總比沒得賣好！

颱風登陸的時候，山上的風雨總是特別大，媽媽說她很擔心會「走山」，年紀還小的國華問爸爸什麼是走山，爸爸只簡單的說是「土石流」。話才說完，屋子後面就傳來一陣轟隆轟隆的聲音，還有一些東西撞到牆壁的碰碰聲，爸爸急忙去看了一下。

「不好了，眞的走山了！我們快點到山下妹妹家去。」爸爸跑回來說。

「我先打電話告訴她。」媽媽拿起電話要撥號。

「來不及了！我們先走再說！」國強一家人連夜下山去姑姑家避難。到了姑姑家才發現，姑姑家已經嚴重積水了。姑姑說，這是因爲她家附近的自來水廠超抽地下水，造成地層下陷，水排不出去，一到下雨就積水，颱風來的時候更是嚴重。

國強聽著收音機，廣播新聞說，山上有好多地方都發生土石流，山下則是好多地方都積水，國強不明白，怎麼這次颱風的災情這麼慘重？媽媽說這是因爲前幾年都沒有颱風，大家掉以輕心，沒有確實做好防颱準備。

「怎麼會有土石流呢？」國強問爸爸。

「也怪我們不好，因爲我們開發山地，種了太多的高冷蔬菜和檳榔，蔬菜和檳榔的根都比較淺，抓不住泥土，所以只要下大雨就會造成土石流，也就是走山。」爸爸說。

可是爸爸是農夫，一家人就靠種植農作物過活，怎麼能不種菜呢？而且每次菜商來，都說市場的需求很大，要他們多種一些蔬菜！也就因爲這樣，到山上來種菜的人愈來愈多，樹木也愈砍愈多。這些樹是抓住泥土的重要功臣，現在被砍掉了，難怪會有土石流了。

（吳書綺）

土石流真的那麼可怕嗎？

當然了，土石流的台語叫做「走山」，就是連山都走掉了，那是多麼可怕的事啊！

高麗菜很好吃，我很喜歡吃，可是沒想到在山上種高麗菜會引起這麼嚴重的後果。

過度開發山區是台灣目前最嚴重的問題之一，爲了種菜或蓋別墅而砍樹，使得山上的土地失去保護，就很容易造成土石流。

為什麼要抽地下水呢？台灣的雨水不是很充足嗎？

台灣地區的降雨多集中在夏季，雨水不足的時候就需要抽取地下水，供給人們飲用、農業灌溉或淡水漁業養殖等需要。但是如果過度抽取地下水，使地層缺了一塊支撐的力量，地層就會塌陷，嚴重的時候房子可能還會倒塌呢！

「錢」進大陸的陳老闆

債留台灣，貽害鄉親

民國七十年代，陳老闆在苗栗開設了一家皮鞋工廠，員工有三百多人，工廠附近幾公里內的人家，幾乎都在他的工廠上班。陳老闆做人海派，常常捐錢給地方，也常邀請地方人士到他投資的「魚池餐廳」吃飯，大家都公認他是個熱心公益的大慈善家。

大約九年前，陳老闆告訴員工，只要把錢存在公司，就可以享有比銀行高六倍的利息，這是員工的福利之一。

「高六倍？那不就有將近百分之二十的利息？」許多員工貪圖利息，紛紛借錢給公司，少則數十萬，多則數百萬。有人把自己一生的積蓄都放進去，覺得還不夠，甚至向親戚朋友調錢，轉存到陳老闆的公司裡。

「利息這麼高，會不會有問題啊？」個性保守的員工擔心的問著。

「你不知道嗎？梧棲那邊的廠房已經動工了，我們還要擴廠呢！」許多員工信心滿滿的回答。

是啊，都在擴廠了，哪會有什麼問題呢！於是大家更放心的把銀行的定存解約，擠出每一毛錢，存進陳老闆的公司裡。

陳老闆利用新蓋的廠房向銀行抵押貸款了幾千萬元，加上員工存進來的錢，以及好幾個互助會的錢，加起來也有上億的資金了。然後在三年前的某一天早上，當員工陸續到工廠來上班時，竟然發現工廠的大門深鎖，連警衛也不見了。

又驚又慌的員工們這才知道，原來陳老闆捲款逃跑，人到大陸去了。員工和銀行雖然向法院控告陳老闆，但是因爲台灣和大陸特殊的政治關係，法院沒辦法逮捕陳老闆，而他留下的大筆債務就這樣留在台灣，成爲員工和台灣全體納稅人共同的負擔。

陳老闆這一走，拖垮了許多家庭，不過聽說他在大陸可得意得很呢！他拿台灣帶去的錢，在新疆買了一塊相當於苗栗市大小的土地，準備開發農牧產業，而且因爲資金充足，完全沒有向大陸的銀行貸款。在那裡除了飯來張

救救勞工！
我們只要一份工作！

口、茶來伸手，沒事還可以到處遊玩，逍遙得很！

反觀台灣這邊，銀行借給陳老闆的錢討不回來，變成了「呆帳」。政府怕銀行呆帳太多會倒閉，進而影響更多的人，就從納稅人繳的錢中拿一部分給銀行，幫銀行打消呆帳。這麼一來，陳老闆的債就變成了全體人民幫他還。

最可憐的，要算那些員工了。他們不但失去了工作，還要背負龐大的債務。這些債務，別說他們自己還不完，連他們的小孩可能都要大半輩子才能還得完呢！

（戴淑珍）

社會上有很多欠債不還的人，為什麼要特別提陳老闆的例子呢？

近幾年來，像陳老闆這樣惡性倒閉、又把債務留在台灣的商人，還眞是不少。陳老闆不是沒有能力償還，而是他利用台灣和大陸的特殊關係，知道台灣政府抓不到他，所以故意設計捲款逃跑。這樣的行爲和犯罪沒兩樣，讓人特別不齒。

陳老闆的行為，會對台灣造成什麼傷害呢？

商人捲款到大陸去，將大筆債務留在台灣，不但會拖垮許多家庭，也使銀行金融的秩序大亂，經濟衰退。台灣經過好幾十年辛苦累積的財富，就這樣一點一滴的流失。經濟衰退的結果，就是大家找不到工作，生活品質也會跟著下降，影響非常深遠！

阿雄的下場

暴力、黑金危害民主政治

從前我們家住在鄉下，每逢選舉，鄉長和鄉民代表就頻頻在我們村子出現。他們平時很少到我們村子裡來，只有遇到鄉親們婚喪喜慶，才會看到他們來捧場。他們個個衣著光鮮，一副很了不起的樣子，但是到了選舉時就不一樣了，他們會不請自來，還堆著一臉笑容，即使見了我們小孩子也不停的揮手打招呼。

有一年選鄉民代表，鄰村的阿雄也出馬競選。我聽說他從小就不學好，有一次到我們村子阿福家偷牛，被人當場逮住，他跪地求饒的神情，連我們小朋友看了都覺得好笑。這種混混竟然要選鄉民代表，難怪大家議論紛紛。

選舉需要錢，阿雄的錢是哪來的？有人說是開賭場賺的，有人說是走私毒品賺的。總之，阿雄弄到一大筆錢，想選個民代，讓自己「漂白」。

有一天，里長陪著阿雄到我們村子挨家挨戶拜票。阿雄特地到他當年偷牛的阿福家，送上一個大紅包，又在阿福家門口即席演講，大意是說，他已浪子回頭，希望鄉親給他一個機會，爲當年的不學好贖罪。他一說完，里長接過麥克風幫腔，把阿雄吹噓得像英雄一般。

那天晚上，里長抱著媽祖神像到我們家，送來兩千元，說是阿雄送的，祖父堅持不收。里長壓低了聲音，用威脅的口吻說：「阿雄現在是城裡的大角頭，你惹得起嗎？」

祖父怕事，只好收下，里長又接著說：「你收錢的事，媽祖婆可是看到了！你們家的四票要是不投給阿雄，就是欺騙媽祖婆，惹惱了神明，後果你們自己負責！」

里長走後，大人都破口大罵，父親罵得更凶，連平時不會罵人的母親都罵個不停。祖母嘆口氣說：「夭壽！要是阿雄都能選上鄉民代表，這個社會就完了！」

他們罵歸罵，心頭的陰影卻在擴大。投票那天早上，里長又來催票，他對祖父說：「上次選議員，阿昌伯拿了錢沒去投票，過不久他的孫子就得了癌症，這件事你應該記得吧！」

開票後，阿雄當選了！里長代表阿雄到我們家謝票，祖父、祖母、父親、母親都不理他，里長嘻皮笑臉的說：「想開點，我們過我們的日子，誰當選還不是一樣。」父親再也不能忍受，對里長大吼：「你到底拿了阿雄多少好處？」里長一點兒也不生氣，拍拍父親的肩膀，到隔壁人家去了。

阿雄當選後約半年，有一天我在報上看到他的消息。報上刊出斗大的標題：「鄉民代表走私被殺。」原來阿雄到菲律賓買槍械，和當地的黑道發生槍戰，被人擊中胸部，送醫途中喪命。阿雄被殺的事在菲律賓也上了頭條新聞，報導中提到，台灣的民意代表走私槍械，這已不是第一次，顯示台灣的地方自治受到金錢和暴力的汙染，正面臨民主政治的危機。

（張青蓮）

阿雄要是不被打死，可能惹出更大的禍來。

要是阿雄不被打死，他可能更上一層樓，競選縣議員或鄉長。總之，他選的層級愈高，爲害就愈大。如果我們選出像阿雄這樣的民意代表，就是對不起台灣，對不起得來不易的民主政治。

這個里長真可惡，他是幫兇。

候選人不可能親自接觸到每一位選民，於是里長就成爲他們的「樁腳」。一些不肖里長唯利是圖，誰給他好處，他就幫誰出力。因此，要想改善台灣的民主政治，必須從基層做起。這就像建大樓一樣，要是基礎不穩，怎能建得高呢？

這樣看來，選出好的公職人員是很重要的嘍？

沒錯！爲了讓台灣的未來更好，我們有責任選出賢能的民意代表和公職人員。選舉是很嚴肅的事，千萬馬虎不得。

橋終於斷了！

自私自利破壞公共安全

在地球科學的課堂上，方老師用幻燈片展示台灣各地的水域環境。

「這是高屏大橋，各位仔細看看橋墩的部分，它的基樁已經裸露出來了，你們知道這是爲什麼嗎？」

「因爲溪流沖刷河床，帶走砂石，使河床的高度下降。」一個女學生回答。

「說的對。」方老師繼續問：「不過，除了溪流沖刷之外，還有什麼方法可以讓河床快速下降？」

「把砂石挖走囉！」一個男學生回答。

「沒錯！」方老師把幻燈片切換到下一張，「各位看看在高屏溪兩岸的砂石貯存場，這些堆積如山的砂石，都是從河床上挖來的。」雖然政府規定橋樑上下游三百公尺內不可以採砂石，但是看起來有人並沒遵守。

「橋樑的基樁裸露出來，會有什麼後果？」方老師又問。

「基礎不穩，可能會倒塌囉！」剛剛那個男學生回答。

「說的好。那你們誰能告訴我，這座橋什麼時候會倒？」

在場的同學你看我、我看你，不知道怎麼回答，誰能預測這座橋會在什麼時候倒呢？

「許多專家學者都知道高屏大橋是一座『危橋』，也一直呼籲要做河川保育，但情況始終沒有改善。」方老師語重心長的說：「沒人知道這座橋什麼時候會倒，但如果大家不覺醒，趕快想辦法補救，這座橋遲早會塌給你看！」

果然，二〇〇〇年八月，碧麗斯颱風從台東縣登陸，橫掃南台灣，帶來豪雨，暴漲的溪流連日沖刷河床。到了二十七日下午，高屏大橋靠近中點處的一個橋墩的橋基突然下陷、破裂，過沒多久，約一百公尺長的橋面整個兒斷裂、陷落，陷落的橋面上有十七部車跟著往下掉，有些更掉落在滾滾的溪流中。消防人員開來吊車搶救車輛，救難人員在河面搜尋被溪流沖走的民眾，到了晚上還在冒雨尋找。

「太離譜了！好好一座橋怎麼會突然斷了呢？一定是工程品質有問題！」

受傷的民眾獲救後，都說這太不可思議了。

「一定是颱風的關係。」有個民眾說：「下了那麼多天的雨，河水暴漲，把橋墩沖壞了。每次颱風來，都會損害橋樑。」

「光是颱風不至於這樣。」王老先生住在大橋附近，這一帶河川的狀況他很了解，「橋基露出來這麼多，橋怎麼會穩？還不是盜採砂石惹的禍！」

「橋終於斷了。」雖然方老師的「預言」成眞了，他卻一點也不覺得自己「鐵口直斷」有什麼值得高興。

危機往往是早就存在的，只因爲我們忽視它，才會以爲發生的後果是「意外」。什麼時候我們才能學到教訓呢？

（郭霞恩）

高屏溪因爲濫採砂石，造成河床下降，從民國六十四年開始，二十年內下降了三層樓高，橋基嚴重裸露，後來會斷裂，並不算「意外」。

為什麼有人要盜採砂石？

砂石是營造業的重要原料，經濟利益非常高，如果說黑色的石油是「黑金」，那灰色的砂石就是「灰金」。爲了賺錢，許多人不惜違法採砂石，只要哪裡有砂石，就千方百計去採。白天取締他，他就等天黑再開卡車去載；晚上去取締他，他就拿槍出來威脅。台灣營造業所用的砂石，有百分之七十都是非法取得的，可見盜採的情況有多嚴重。

而且不只是高屏溪，其他有砂石可採的大漢溪、大甲溪、大安溪、濁水溪……，都逃不過盜採砂石者的毒手。

如果不准採砂石，沒有砂石可用，營造業就生存不下去囉？

台灣的河川資源本來就很有限，不能因爲有需要就瘋狂耗盡它。少數人以私利爲優先，短視近利的破壞環境，總有一天會製造出無窮的苦果，讓全民來承受，高屏大橋的斷裂，就是最明顯的例子。政府已經開放讓業者從中國大陸進口砂石，可是因爲兩岸尚未直航，運輸的成本很高，所以目前盜採砂石的情況還是很嚴重。

載運愛心的順仔

志工甘願做、歡喜受

順仔才退伍沒多久，就在勝發貨運行找到司機的工作，不過做了幾星期，他開始看老闆不順眼，因爲老闆是「做慈濟」的。

順仔喜歡在下班後找三五好友打牌，消磨時間，老闆看他生活漫不經心，有一次下班後，請他幫忙載運物資到慈濟的倉儲中心。順仔不好意思不幫忙，不過心裡卻覺得不以爲然。

「我老闆吃飽太閒了，才會做這種虛僞的事情！」打牌的時候，他常忍不住向朋友發牢騷。

有一次，順仔準備下班離開時，老闆又留住他，請他幫忙再跑一趟車。順仔雖然答應了，心裡卻不太高興。

「你就幫幫忙吧，貨車隨你開，汽油全算我的！」老闆不以爲意，總是笑著跟他道謝。一次又一次，載的次數多了，順仔接觸到其他慈濟會員，也曾親眼目睹災民的生活景況，才明白這些人是「玩眞的」。於是不久後，他也成了資源回收的義工，每星期三義務載運回收的資源，後來更加入慈濟成爲會員，還把牌友一個個帶進慈濟。有朋友問順仔，怎麼變了一個人？

「我看到師兄師姊們懷著感恩的心在幫助別人，並不是勉強或做作。」他笑笑回答，「我想，這就是甘願做，歡喜受！」

順仔愈做愈有心得，有一次，他終於也有機會出國做慈濟。這是他第一次出國呢！一九九一年夏天，中國大陸的華中和華東地區發生嚴重的水災，慈濟很快的展開募捐行動，並在受災的地區興建了六十三個災民社區，提供生活上的各項幫助。雖然是自掏腰包買機票去，順仔覺得很開心，他和師兄師姊帶著民間捐贈的米糧和衣物去賑災，覺得這是很有意義的事。

「做善事可以累積福報，有機會幫助需要的人，更是我的福氣。」順仔現在和他的老闆有志一同，「我也更加感恩，珍惜我所擁有的一切！」

只要有機會，順仔就會搭著這列滿載台灣人熱情的慈濟列車，開往世界各個需要援助的現場，挹注著源源不斷的愛心。每當他看到國外的受災民

眾，被台灣人的善心和溫暖所觸動，內心深深的以身爲慈濟人爲榮，也以身爲台灣人爲榮。（張玲霞）

「甘願做，歡喜受」這句話是什麼意思？

「甘願做，歡喜受」和俗話說的「歡喜做，甘願受」有所不同。「歡喜做，甘願受」指的是，一個人爲人處事任憑自己的好惡，要是因此嘗到苦果，就必須自己承受，不能抱怨。「甘願做，歡喜受」則是明知道事情很困難，仍然心甘情願的去做，達成後，反而能得到無限的歡喜。

捐錢救人，每個人都可以做，一定要加入慈濟嗎？

行善當然是每個人都可以做，慈濟只是其中的一個管道，它是以有組織、有系統的方式協助受災民眾，給予民眾精神上與金錢上的支持，這樣的規模就不是少數幾個人能夠做到的。

為什麼慈濟有這麼多的錢可以用來幫助別人呢？

慈濟的賑災基金，絕大部分來自華人，尤其是台灣社會平日的捐獻。就算不是慈濟會員，只要認同慈濟理念，也會願意捐贈金錢或物資。可以說，慈濟的善行是集合了千百萬台灣人的善心而來的。

幫助國外的受災民眾重建家園，這樣算不算是國民外交呢？

當然是，而且是非常成功的國民外交。其實不只是慈濟，社會上還有許多民間的公益團體，都在盡一己之力爲台灣人民奉獻，要是行有餘力，還能更進一步將善行傳播到海外，發揮「四海之內皆兄弟」的精神。

這麼有意義的事，有機會的話，我也要參與！

光看電視救不了人

相互扶持，重建家園

一九九九年九月二十一日凌晨，台灣發生大地震，造成台中、南投等中南部地區重大的災情，道路毀損、房屋倒塌、死傷慘重。

當時住在台北的阿海，因爲剛剛辭掉工作，在家待業，每天都收看電視新聞的災情報導。這天晚上，新聞畫面中又不斷播放著災區的慘狀，阿海和女友看著看著，心情愈來愈激動。

「這些小孩子好可憐！」電視記者訪問了好幾個因爲地震而失去親人的小孩，阿海的女友看了忍不住掉眼淚。

歷經浩劫的災區，一片殘破與凌亂的景象，在瓦礫殘堆中，還有人沒被挖掘出來，生死未卜，而更多的傷民還在等待救助。

「快點救他們啊！」阿海看到畫面中有許多人受傷卻得不到適當的醫治，

覺得十分著急。

兩人一邊看電視，一邊討論，一種無力感油然而生，他們雖然關心災情，可是好像什麼都不能做。

「看電視是救不了人的，我要到災區去幫忙！」阿海霍然站了起來，對女友說：「我們一起去吧！」

於是他們買了一車的泡麵和礦泉水等物資，出發前往埔里。前往災區的道路，因爲地震而處處中斷，經過了一夜的折騰終於到達，當他們親眼目睹災區的慘狀，內心深受衝擊。

他們立刻加入救助的工作，搬東西也好，煮東西也好，打掃也好，只要能爲當地居民做的，他們都全心投入。他們也看到來自台灣各界、各階層源源不絕的支援，許多人都是義務來幫忙。

然而由於各界捐贈的物資缺乏管理，災民往往無法立刻受惠；災區混亂，狀況百出；災民所需要的支援超乎想像的多元。到處都急需人手，而且需要立刻且長期的投入。

看到這樣的現象，阿海和女友都認爲投入重建工作，才能給災民最需要

的協助。於是兩人商量好，女友回台北工作和募款，阿海則加入重建志工的行列，暫時留在當地，幫忙照顧在地震中失去父母的孩子。

「阿海，你會不會累啊？」幾個月後，有朋友來拜訪阿海。

「我哪能喊累？他們都是台灣的寶貝囝仔。」阿海一邊擦汗，一邊抱起身邊的孩子回答：「能夠讓孩子們平撫這段傷痛，平平安安的長大，我所做的一切也就有意義了。」

寒假來臨時，阿海遇到他的中學同學趙舜，兩人已經好久沒見了，沒想到在災區碰面。趙舜是老師，趁著寒假來幫埔里的孩子補習功課。他告訴阿海：「孩子失去了家人，沒有了家，但書一定要讀，這樣以後才有能力建立自己的家……」

阿海和趙舜相對而笑，因爲兩人有志一同。

（張玲霞）

看到大家對災民的付出，深深的感受到台灣人的熱情和溫暖。不過，九二一的重建工作有那麼多嗎？

九二一大地震造成台灣中部嚴重受損，需要長時間的重建與修護。災區還有許多重建工作要做，像災民的心理建設、住宅補助、學校的興建與管理、失去父母的遺孤照顧等，都急待長時間的支援和建設。多虧有阿海這樣的志工和民間團體，熱心的投入重建工作，發揮了很大的力量，讓許多災民不至於流離失所，可以在傷痛過後展開新的生活。

我聽說，後來台北鬧水災時，有些九二一的災民也北上來幫忙。

是啊！二○○一年九月，納莉颱風來襲，台北發生嚴重的水災，連捷運都停駛了兩、三個月。當時許多九二一的災民，忙不迭的北上，幫忙台北的災民清理家園。這樣的濃情，更讓人感受到，無論住在哪裡，台灣人就像一家人一樣的互相扶持和關心。

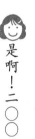

吳念真的台灣味

生命中給我最多啓發的一群人

（李美綾）

吳念真，生於台北縣瑞芳鎮，輔大夜間部會計系畢業，為小說及劇本作家、導演、節目主持人。重要作品有《戀戀風塵》、《悲情城市》、《無言的山丘》、《戲夢人生》、《多桑》，其中《多桑》為首部導演作品。作品呈現對鄉土的情感與關懷，近年來更參與多部廣告片及舞台劇製作。

圖片提供／吳念真

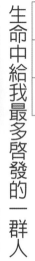

您在創作時，是否刻意關懷台灣的勞動者？

任何創作都是有感而發，覺得身旁發生了很多事，值得告訴別人，或是自己很感動，就想透過創作，也讓別人感動一下。我在這裡出生，活在這裡，對那群人最熟悉，自然而然最想表達的也是那群人，包括他們的情感表達、舉止行爲、對待人的方式。

像我爸爸表達情感的方式就不一樣。我爸爸是受日本教育，我小學時成績很好，成績單拿給他，他只會說：「自己去蓋（印章）。」他只要看到我的表情，就知道我考得好不好。他也知道，我就算考不好，也不會壞到哪裡去。你可能會問，那怎麼沒有鼓勵一下？我們不習慣被鼓勵啊！因爲爸爸從來不鼓勵的，哪一天鼓勵你，才覺得奇怪，那一定是家裡出了什麼事。

初中聯考我考上第一志願，我爸爸也不會在意我有沒有考上，反而是里長比誰都在意，還全村廣播。鄰居來向爸爸道賀，他也只淡淡的說：「長大了才知道啦！」有一天他特地買了一枝鋼筆回來，放在桌上，是要給我的，我拆開包裝時，他說了一句：「那個很貴哦，你如果弄壞你給我試試看。」

這群人表達情感的方式就是這樣，而他們是我成長過程中給我最多啓發的人，我就在作品中把它呈現出來。

您製播《台灣念真情》節目，印象最深刻的是……？

知識份子自己可以寫文章，對政府有一點點不平，可以寫文章罵，而勞動階級的人永遠沒有聲音。最初我想扮演的是傳達者或報導者的角色，把這群人的遭遇，大家沒看到的，以小說或報導的形式傳達出來，這是出於一個很純潔熱情的動機，至於做得好不好就再說。

我發覺很多人了解美國比了解台灣還多，台灣很多地方沒有被關心到。大概六、七年前，我開始計畫去報導名不見經傳的村子，或名不見經傳的人，而這些人用他們的方式在生活。我想讓大家知道，原來在台灣還有人這樣過生活，這樣對待人。

記得有次報導一個種蘆筍的婦女，她先生是泥水匠，因爲受傷在家休養，兩個兒子一個唸警察學校，一個唸高中。她說，唸高中的兒子有一天打電話回家，說要轉去夜間部，因爲這樣白天可以去工作，媽媽就不用這麼累。聽她敘述這件事，讓我很感動，我會去想像這對母子在深夜的電話裡討論轉到夜間部的事，當時媽媽的心情是怎麼樣，那個畫面是怎麼樣……對我來說，那個兒子的臉孔是最漂亮的一張臉。

您認為台灣人最值得驕傲的地方是什麼？

就是生命力，像打不死的蟑螂。

台灣人其實有「移民性格」，因爲早先幾乎都是從大陸過來的窮人，人要離鄉背井，要跟原來的地方割裂，那種勇氣多大！他一定是對原來的地方絕望、沒有信心了。以前從大陸來台灣的人，都是最窮的，在這荒島上開墾，很多的基因會留下：第一，互相幫助，因爲大家是生命共同體，你生病了，我不照顧你，以後誰來照顧我？第二，沒有就沒有了，重新再來過。既然來的時候什麼都沒有，就不怕失去。第三，統治者一再改變，所以學會生存，學會轉換。因爲要求生存，台灣老百姓永遠走在領導者前面，像有線電視，政府還沒開放，就已經滿地都是有線電視了。

台灣最珍貴的就是生命力，那種不怕挫折，遇到困難就轉換的能力。但是轉換太快，會變得沒有昨天，也沒有明天，只有當下——當下我要活著，昨天，管他的，所以台灣人很容易毀棄歷史，房子換新的，就把舊的拆掉，古董也丟掉。至於明天在哪裡，大家還沒有思考到那個格局。

有句話講得好：「富過三代，才知衣食。」有錢要經過第三代，才知道什麼叫作品味。以前台灣不安定，所以不敢去想未來；現在富裕不久，必須在穩定的環境下才能思考未來。如果台灣人的生命力能持續在動，又是有未來的生命力，那其實是台灣人滿厲害的地方。

很多人覺得您很有「台灣味」，您自己覺得呢？

我不知道。我本來就生在台灣，住在台灣，說我有台灣味，表示我沒有變。我做我自己，自自然然向前走，誰怎麼看待我，那是別人的事。

有緣共寫歷史

瑞士木匠為什麼要在台灣做傢俱？

加拿大來的傳教士，竟然拔了兩萬顆牙齒！

台灣鄉野的歌仔戲，法國人怎麼看得懂？

用舞蹈演出台灣歷史，為什麼會讓外國人感動？

用歌聲征服了中國大陸，怎麼不去開演唱會？

參加國際比賽，為什麼聽到國旗歌會流淚？

瑞士工匠，台灣製造

木頭馬丁愛物惜物

想要製作一件讓人愛不釋手、駐足流連的手工傢俱，很不容易；而要讓一件原本已經破爛、甚至被丟棄的傢俱，再度變成人們眼中的珍寶，那就更不簡單了！

老外馬丁就有這樣的本事。他來自瑞士，到台灣已經超過二十年，一雙棕眼睛、高挺的大鼻子，是人們眼中道地的「阿都仔」，而一雙巧手不僅會製作質地優美、富藝術收藏價值的手工傢俱，還可以將垃圾堆、馬路旁撿來的木製衣櫥、碗櫃等，巧妙修整，重新賦予生命，打造成嶄新的「老傢俱」，所以大家都稱呼他是「木頭馬丁」。

馬丁對傢俱十分用心，製作傢俱從不馬虎，從刨木、打洞、削皮到打磨，總是力求完美。作品完成後，他總會一再檢查，看看成品是不是夠精

Made in Taiwan

緻，需不需要再打磨一次？他很有自信的說：「如果不是遇到火災，我製作的傢俱可以用上一百年，用不到一百年，你可以來找我。」

對馬丁來說，傢俱就是家的延伸，是一家人共享生活點滴的地方，父母親用過的傢俱，子孫們可以再用。正是這種要讓傢俱世世代代傳用的信念，讓馬丁即使只是製作一個小小的燭台也絕不馬虎。他曾對上門買傢俱的客人說：「這些傢俱至少得用一、兩百年，你們的子孫都會在我做的床上睡覺，我要負責任的！」

認識馬丁的人都知道，每次工作結束後，他會將刨剩的木屑放進黑色袋子，鋸下不要的木塊則放進白色袋子。黑袋裡的木屑要送給附近的農人當作肥料，白袋裡的木塊則收集成堆，送到竹東山上給賽夏族朋友當燃料。馬丁身體力行，告訴大家不要怕麻煩，從小地方愛物、惜物，就是愛這塊土地最好的方式。

馬丁現在住在汐止，看過他的人，都會覺得他是一個很有台灣味的老外。他在這裡修修補補、敲敲打打了幾十年，人生最精華的歲月都奉獻給木頭工藝，以巧思和巧手，賦予樹木另一種美麗。

馬丁最喜愛台灣檜木，鍾情於原木的自然風格，更喜歡台灣獨特的風土和人情。他選擇在這塊土地上成家立業，不再將自己當成「外人」，並且用心愛護著自己的家園。

走過熟悉的汐止街道，馬丁認眞的說：「我堅持要製作最好的傢俱，而且我做的傢俱都會貼上 Made in Taiwan 的字樣。」

（許玉敏）

傢俱不是很容易買到新的嗎？為什麼要把舊的、壞的撿回來用呢？

現代生活中有很多可以用過即丟的物品，想一想，每天會因此製造多少垃圾？這些「垃圾」眞的一無是處了嗎？

東西用過即丟，許多人變得不再愛惜物資，也使垃圾快速增加。政府爲了處理愈來愈多的垃圾，不斷興建垃圾掩埋場、焚化爐，最後終於影響到生活品質。

從馬丁的故事中，你是否感受到往昔愛物、惜物的美好情懷？馬丁運用巧思，讓老舊廢棄的破傢俱重新展現光采，讓曾經美好的永遠美好。

或許我們也可以像馬丁一樣，化腐朽為神奇，不過資源回收很麻煩！

爲了讓生活環境可以永續利用，環境保護是很要緊的。只要每天花一點點時間做垃圾分類、減量，隨時隨地節約用水，就可以讓未來的生活更美好，你願不願意一起來幫忙呢？

爲了保護環境，一些小小的不方便是在所難免的。如果我們能學習馬丁，忍受小小的不方便，將資源回收再利用的觀念融入生活中，養成自然而然的習慣，那就可以輕鬆的保持家園美麗、健康的容貌了。

兩萬顆牙齒的見證

洋女婿馬偕博士熱愛台灣

一百多年前，有個西洋傳教士竟然在台灣幫人拔牙齒，拔完牙才開始傳教。他靠著一隻拔牙鉗和一本聖經，走遍北台灣和宜蘭、花蓮地區，總共拔了兩萬多顆牙齒，也建立了一百多座教堂。這位傳奇人物就是在醫學和教育上對台灣貢獻極大的馬偕博士。

馬偕出生於加拿大，他在一八七二年來到現在稱爲淡水的滬尾港，主要的目的就是傳教。當時他只有二十八歲。

剛到台灣來的馬偕還不會講台灣本土的語言，爲了順利傳教，他每天都花很多時間向牧童學講台灣話。經過五個月的學習，他已經能用台語爲大家解說聖經了。

不過馬偕來的不是時候，因爲那時的台灣社會還很封閉保守，加上長期

受到列強欺凌，要人們接受外國人並不容易，更何況他還帶來一種絕大多數台灣人沒聽過的宗教。

當時艋舺地區的人們特別仇視馬偕，只要看到他，就不斷辱罵他，還對他丟石塊和臭雞蛋，並揚言要把教堂拆掉，而且，眞的這麼做了。

雖然馬偕受到許多無理的對待，還是堅定不移。他發現，要大家認同他的最好方法就是替人治病。

由於當時台灣的衛生條件不佳，醫療設施又落後，許多人得了瘧疾、腳長膿瘡、嚴重蛀牙，都沒辦法獲得醫治。馬偕雖然不是醫生，但有基礎的醫學概念，又擁有專治瘧疾的奎寧丸，於是開始免費替人治病，人們因此逐漸接受了他，也接受他的宗教。

爲了替更多的人治病，馬偕特別設立醫館，後來又接受捐款蓋了北台灣第一所現代化的醫院——滬尾偕醫館。他這種博愛的精神不僅感動了大家，連對他充滿敵意的艋舺人最後也接納了他。

馬偕每次出外傳教，一定隨身攜帶簡單的醫藥箱，裡面最重要的工具就是拔牙鉗。他的足跡踏遍了整個北台灣，後來還翻山越嶺來到宜蘭和花蓮，在平埔族和原住民的部落進行醫療、教育和傳道的工作，並提供獎學金鼓勵原住民向學。

馬偕做的另一件了不起的事，是在淡水設立台灣第一所女子學校，爲了鼓勵女子求學，不僅不收學費，還提供食宿。

一直到一九〇一年病逝、安葬在淡水爲止，馬偕在台灣整整住了三十年，甚至還成爲台灣人的女婿。（吳梅東）

馬偕住在台灣的時間比在他自己的故鄉加拿大還久呢！

沒錯，他幾乎把一生最寶貴的歲月都奉獻給台灣，又是義診、又辦教育，做了這麼多，難怪連當初最敵視他的艋舺人都被感動了。

據說當時來找馬偕看病的人實在太多，讓他忙得經常忘記吃飯。

馬偕在不到三十年的時間，替人拔了兩萬多顆牙齒，算一算，這樣一年要拔七、八百顆牙齒呢！另外他還要幫人看腳、治療瘧疾，難怪忙到沒時間吃飯。

最讓人敬佩的是，他做了很多具有開創性的事，像創辦第一所現代化醫院、第一所女子學校，眞是了不起。

馬偕都不會想念自己的家鄉嗎？

馬偕一直到生病去世之前，從沒有停止服務工作。相信他早就對這塊土地產生濃厚的感情，不但把這裡當成自己的家，也把這裡的人民當成是自己的同胞了。

為什麼外國的傳教士對台灣人這麼好？

其實不只是馬偕，早期有很多西洋傳教士也都熱愛台灣，在這裡做了很多貢獻。有一位名叫馬雅各的英國傳教士，比馬偕早幾年來到台灣，他在南台灣一面傳教，一面進行醫療工作。馬雅各在台灣只待了五年，但是他的兒子後來也到台灣，繼承他的服務志業，許多人都很懷念他。

台灣人的英語導師

彭蒙惠創辦「空中英語教室」

「有人將來想到中國去宣教嗎?」一位牧師發問。

正當全場夏令營的同學低頭思索著,一隻稚嫩的小手已經高高舉起,引來大家的側目。這個舉手表示日後要到遠方傳教的,竟是一名年僅十二歲的美國小女孩。

九年後,這名小女孩果真克服了萬難,以宣教士的身分,搭乘商船前往中國,並取了一個中文名字,叫「彭蒙惠」。

當時的中國正值國共戰亂,民生凋敝,彭蒙惠和其他同行的宣教士,一面躲避戰火,一面在物資短缺的偏遠地區宣教,處境十分艱難。

隨著戰事推展,中國極可能落入共產黨的手裡,不少宣教士在討論撤離中國後,要前往日本或返回家鄉。但彭蒙惠不改初衷,她還是想去中國人聚集的地方宣教，於是她動身前往當時被外國人稱呼爲「福爾摩沙」的台灣。

來到台灣，彭蒙惠翻看地圖，發現在狀似蕃薯的台灣島上，西岸的台北、台中、高雄等地都已經有宣教士前往傳播福音，但是受中央山脈阻隔的東岸，卻乏人問津。

「妳還年輕，不要怕吃苦……」彭蒙惠感覺上帝彷彿低聲的召喚她，於是她便前往花蓮宣教。

花蓮的居民大多是原住民，彭蒙惠不懂他們的語言，而原住民看見金髮碧眼的彭蒙惠，也總是對她指指點點，甚至連她睡覺也引來大批人圍觀。

彭蒙惠總以親切的笑容代替言語向原住民問好、吹奏小喇叭吸引小朋友的注意、做蛋糕和餅乾請部落住民品嘗……就這樣漸漸的贏得了友誼，原住民都稱呼她「利百加」，意思是天使。

在花蓮教主日學、辦活動，宣教工作愈來愈順利，但彭蒙惠想到需要傳教的人那麼多，而她一個人能做的卻十分有限，不覺焦急起來。有一天，她突然靈光一閃：何不利用廣播來宣教呢？於是她開始製作廣播福音節目，運用簡單的錄音設備，有時候還得自說自唱，節目播出後，聽眾反應不錯。

Let's talk about hobbies today.
What do you do when
you have free time?

一九六二年，教育部委託電台製作一個英語教學節目，由於彭蒙惠是「老外」，又有製作廣播節目的經驗，於是獲得了製作這個節目的機會。

彭蒙惠看到當時許多台灣的大學生，即使唸了許多年的英文，卻仍不敢開口說，而且參加國際會議的台灣人，休息時只敢跟自己人交談，失去了許多國際交流的機會。既然英語這麼重要，她決定盡自己的力量，幫助台灣與世界接軌。於是她製作了《空中英語教室》廣播節目，從一些美國著名雜誌中摘錄文章，以講解、聊天的方式，讓聽眾在沒有壓力的情形下學習英語。由於迴響極大，後來又陸續創辦了雜誌和電視節目。

四十幾年來，彭蒙惠造福了許多想學好英語的台灣人，也爲台灣培育了不少英語人才，可以說是兩千萬人共同的英語導師。

（王一婷）

彭蒙惠來台灣已經五十多年了，她的一生幾乎都奉獻給台灣，帶動了台灣英語教學的風氣。雖然她是金髮白皮膚的「老外」，卻把自己當成台灣人，把台灣當成她的家。

我也聽說一些長年住在台灣的外國人，有的是牧師，有的是醫護人員，不管做的是什麼，都以自己的專長默默為台灣付出，令人感動又佩服。

對這些外國人來說，愛台灣就是愛自己生活的地方，只要認同、熱愛這片土地，並且願意爲它付出，就會覺得台灣是自己的家！

彭蒙惠老師還有一件事讓我很欽佩，就是她十二歲時許下到中國傳教的心願，後來居然能達成，即使碰到許多困難還是不放棄。

不好意思，我這學期本來計畫每天背五個英文單字，不過「三天捕魚，兩天晒網」，早就忘得一乾二淨了，真要跟彭蒙惠老師多多學習。

原住民的守護天使

艾珂瑛修女要為台灣做更多事

台東天主教聖母醫院有一位艾珂瑛修女（Sister Andre Aycock），她是美國路易斯安那州人，二十五歲奉獻天主當修女。民國六十八年，教會派她來台灣工作兩年，她本以爲服務期滿就會離開，沒想到兩年後，她愛上了台灣，便向修會申請，自願長期留在台灣服務。

當初艾修女得知要來台灣工作，心裡相當矛盾，因爲她聽說華語非常難學。她本來想去非洲，因爲她覺得法語比華語容易學。可是來台不久，在台灣人的熱情協助下，她很快就進入情況，到現在已能說一口流利的華語，以及一些原住民的話。

談起原住民，她不禁露出喜悅興奮之情，好像在談自己的兄弟姊妹。當年她一來台，就進入台東天主教聖母醫院。來院就診的民眾，大多是當地的原住民，她和他們如手足般的投緣。

來台之前，她已是有專業執照的臨床護士、助產士、公共衛生護士及麻醉師。她還進修過復健醫學、衛生行政、衛生教育。她的家人從前並不鼓勵她學東學西，因爲他們覺得，一個人怎麼做得了這麼多不同的行業。

沒想到她來台灣後，這些十八般武藝竟然全派上了用場，使她很有成就感，也是她願意留在台灣、定居台東的原動力。她感謝上帝，當年她學習這些功課，就是上帝讓她爲日後來台的工作做準備。

她在醫院照顧病患、爲手術病人及剖腹產婦女上麻醉藥，並且給他們提供衛生教育。她最喜歡的一刻，就是在產房指導年輕的原住民婦女生產。當她看到健康的小原住民誕生，內心就充滿了感動。

艾修女大部分的時間在院外工作。民國七十五年，她首創「居家護理」服務，每天開車到台東縣各地，拜訪出院的病人及慢性病人。她到病人家中爲他們做復健運動、打針、量血壓、換藥、換鼻胃管、尿管等，減輕病人往返醫院奔波之苦，看到病人逐漸康復，心中就有無限欣慰。

近年來，爲了配合政府推動「社區衛生」，她每天定時、定點，不辭辛苦的到台東縣各原住民村落，推廣社區衛生工作，譬如：魯凱族的大南村、排灣族的大武、嘉南等村、阿美族的成功、長濱、都美等村、卑南族的知本、關山、鹿野等村。偏遠地區的山徑小路、海邊村舍，她全跑遍了。她爲居民檢查身體，發現生病的，就送往醫院進一步治療。

艾修女整日工作，幾乎不休息。到了晚上和假日，則留在醫院裡照顧急診患者，或和醫生一起去急症病人家中服務。

身穿修女白袍的艾修女，就像天使般，散播仁慈與愛心。問她退休後是否會長住台灣？年近七十的她，爽朗的回答說：「我們修女是不會退休的。我們的一個朋友已經九十二歲了，還在工作！我很喜歡台灣，我還可以做很多事呢！」

（吳嘉玲）

艾修女離開自己的家鄉，二十多年來全心奉獻給台灣，守護著台灣的原住民，這樣的精神真令人感動。

艾修女多年來爲台東縣的原住民服務，曾獲政府頒贈「醫療奉獻獎」。其實除了艾修女之外，還有許多外國傳教士，遠離家鄉，來到台灣，特別選擇偏遠的地區服務，而且一做就是幾十年。有的即使高齡退休，也願意永住在此，他們已經把台灣當做自己的家了！

這些外國人為什麼對台灣情有獨鍾呢？

外國傳教士有虔誠的宗教信仰，懷著奉獻的心來到台灣。在服務的過程中，他們感受到台灣人民的熱情與眞誠，也對這塊土地產生了感情。許多傳教士住在台灣的時間，比留在家鄉的時間還要久，對他們來說，這就是他們生活的地方，也是他們的家鄉。愛自己生活的地方，是理所當然的啊！

從野台走向國際的歌仔戲家族

明華園發揚傳統戲劇

從前農業時代，每當有廟會或酬神謝天的活動時，便會在廟埕前搭起一座臨時舞台，上演歌仔戲。後來電視普及了，歌仔戲由野台躍上螢幕，並且大受歡迎，到現在還有不少婆婆媽媽是死忠的戲迷呢！

自宜蘭起源發展至今的一百多年中，歌仔戲一直都是台灣人最愛看的本土劇種，不過，草根性十足的歌仔戲能走進國家劇院，甚至「出國比賽」，這可是以前的歌仔戲演員做夢都想不到的事呢！但是來自屏東潮州的一個鄉下歌仔戲團卻辦到了，它就是大家現在耳熟能詳的「明華園」。

明華園是一個四十多人組成的戲班大家族，雖然歌仔戲已經不像早年那麼興盛了，但是明華園一家人仍舊熱愛歌仔戲，全家總動員，有的當演員、跑龍套，有的奏樂，過著晚上睡戲台、白天隨著整車道具走遍台灣大小鄉鎮的日子，數十年如一日，爲鄉親父老演出膾炙人口的戲碼，也成爲最受歡迎的歌仔戲團之一。

因爲在鄉鎮的演出獲得廣大迴響，明華園漸漸的受到外界注目，連國家劇院也邀請他們表演。於是明華園從鄉村踏入都市，站上了國家舞台，這不僅是對明華園的肯定，也證明傳統戲劇依舊有它獨到的魅力和價值。

一九九〇年，明華園被政府選定爲代表團隊，到北京參加亞運藝術節的演出。不料受到政治因素的干預，無法做任何宣傳。戲剛開鑼時，台下的北京觀眾以冷漠的表情觀賞著來自對岸的歌仔戲，沒想到戲演到最後，演員生動的表演突破了觀眾的心防，動人的戲碼更拉近了彼此的距離。表演結束後，觀眾不顧公安的管制，大聲叫好、起立鼓掌，久久不肯離開。

幾年後，明華園更遠渡重洋到法國的藝術之都——巴黎——演出。在那裡，許多人根本連台灣在哪裡都不知道，團員還被誤認爲是京劇演員。但是明華園演出的《濟公活佛》卻成功的跨越了文化和語言的隔閡，從首場的八成觀眾到最後天天爆滿，連當時的法國總理夫人也聽說明華園的表演很精采，親自來看戲。她說，透過歌仔戲，她和許多法國人更認識台灣了。

從鄉村到國際，明華園讓更多人看到歌仔戲可以感動人心、又可幽默逗趣的豐富內涵。爲了保留及發揚傳統戲曲，明華園在演出之餘，也從事薪傳的工作，一方面在學校教導大專青年或小朋友學戲，一方面也到各地演講，讓人們更了解歌仔戲之美。

（王一婷）

我還以為歌仔戲只有ＬＫＫ才喜歡看，沒想到它就像外國的歌劇一樣，也能在國家劇院演出，而且可以出國表演，為國爭光呢！真不簡單，我以後可要重新看待傳統戲劇。

台灣雖然小，但是我們的文化也是很珍貴的寶藏，除了在自己家裡欣賞，還可以拿出去和外國人分享，不必妄自菲薄。我們吸收外來文化的同時，也應該回過頭來珍惜自己的文化，學習尊重和肯定本土文化。

歌仔戲演員就像游牧民族一樣，跟著廟會活動到處跑，吃睡也都只能遷就表演場地，難怪現在很少人要做這行囉！

野台戲的生活確實需要刻苦耐勞，不過由此也可以看出，「明華園」這個四十多人的戲班大家族，在物質生活極差的情況下，仍然甘之如飴，共同爲歌仔戲的表演努力，眞是不容易。還有啊，「明華園」一家人長幼有序、彼此和睦相處，也是值得我們學習、效法的好榜樣。

把東方帶到西方

雲門舞集舞出台灣人的精神

許多人都聽過「雲門舞集」，知道它是由林懷民所領導的現代舞團，創辦至今已經超過三十年。雖然雲門舞集十分成功，但能走過三十年歲月卻不簡單，從剛開始成立時四處籌措經費，到後來獲得國內外觀眾的普遍認同，被國外媒體讚譽爲「世界一流的現代舞團」，都是多年耕耘才換來的豐碩成果。

雲門舞集最大的特色，就是把帶有東方人文內涵的特殊元素，融入西方的舞蹈技巧中，讓外國人在欣賞舞蹈的同時，也更親近東方（尤其是台灣）的文化。雲門獲得廣大迴響之後，除了在國內演出，大半年的時間都受邀在國際舞台巡迴表演，舞者用身體的律動和豐富的肢體語言，將台灣的生命力舞動出來。

歐美人士對舞蹈表演的接受度高，但要求也很嚴格，雲門舞集能在國外得到極高的評價，非常不簡單。在歐洲表演結束後，雲門舞者到餐廳用餐，常遇到有顧客拿著酒杯過來向他們致敬，或起立歡迎他們蒞臨呢！這代表了外國人對雲門舞集的重視與肯定，也是全體台灣人的榮耀。

雲門舞集是在民國六十二年成立的，那時大多數台灣人對西方的「現代舞」根本摸不著頭緒，只認爲是年輕人的時髦玩意。林懷民第一次帶著學生公開演出時，有家長看到自己的女兒穿著緊身衣和男舞者「摟摟抱抱」，嚇了一大跳，就因此命令女兒不准再跳舞。

雖然當時並沒有足夠的資金、良好的練舞環境，甚至缺少懂得欣賞舞蹈藝術的觀眾，林懷民和他帶領的舞者還是成立了國內第一個現代舞團——雲門舞集。他們認爲，雖然常有國外優秀的舞蹈團體受邀來台表演，爲台灣觀眾開啓舞蹈藝術之門，但畢竟只做短暫的停留。只有成立自己的舞團，自己作曲、編舞，才能讓現代舞眞正在台灣紮根。

爲了拉近台灣觀眾和現代舞的距離，雲門編的舞常以中國民間傳說與經典小說爲題材，像《白蛇傳》、《紅樓夢》，而台灣民眾耳熟能詳的鄉野故事和民俗節慶也搬上了舞台，像廖添丁、迎神賽會裡抬神轎、廟會的儀式，不但豐富了舞台的演出，觀眾看了也嘖嘖稱奇——原來最平實不過的生活，也能和現代舞結合在一起，變成一支支打動人心的舞蹈。

雲門舞集最經典的舞劇《薪傳》，講述的就是祖先從中國大陸渡海來台、墾荒闢土的故事。《薪傳》在嘉義首演時，正巧碰上中美斷交，舞劇跳出了先民不屈不撓的氣魄，也跳出了台灣人與土地深切的情感，台下六千多位觀眾看了感動不已，無形中也喚醒了心中對台灣這塊土地的愛與信心。

藉著下鄉巡迴公演，和鄉親們同歌同舞，雲門舞集和民眾更貼近了。雲門的目標不只是在國際舞台上發光發熱，更要在台灣孕育舞蹈的種子。顯然，他們已經做到了。

（王一婷）

電視和報章雜誌上常常有「雲門舞集」的報導，它真的很出名！我也很想欣賞雲門的表演，但是他們究竟在跳什麼，我實在看不懂，大概是我沒有藝術細胞吧！

欣賞藝術最主要的目的，是獲得內心的感動，並學習對藝術的尊重。許多人覺得舞蹈、音樂、繪畫這些藝術不容易欣賞，或即使看了也看不懂，因此產生畏懼或排斥的心理，乾脆敬而遠之。其實，看得懂不懂，本來就是很主觀的判斷，沒有標準的答案。

那到底要怎麼欣賞舞蹈呢？

很簡單，把你的心打開，用「心」去感覺就對了！事實上，表演藝術是最能夠破除語言的隔閡、直接感動人心的一種溝通方式。別忘了，雲門就是用舞蹈感動了全世界觀眾的心啊！

堅決不去大陸演唱的軍中情人

鄧麗君用歌聲征服人心

「小城故事多，充滿喜和樂，若是你到小城來，收穫特別多……」鄧麗君輕柔婉約的歌聲，飄盪在定華家的客廳裡，這是爺爺最愛聽的一首歌。

爺爺對鄧麗君的歌情有獨鍾，尤其這首《小城故事》，簡直百聽不厭。定華跟著聽，久了也很熟。漸漸的，她覺得這首歌的旋律很優美，帶給人愉快的心情。定華一直很好奇：唱歌好聽、長得漂亮的歌星很多，爲什麼爺爺特別喜歡鄧麗君呢？五月八日是鄧麗君逝世紀念日，社會上有許多紀念她的活動。定華更覺得奇怪了：爲什麼一位歌星離開人世多年，大家還對她懷念不已？爺爺看出定華的疑惑，就笑咪咪的拿出他珍藏多年的剪報給定華看。

那是兩張很舊的報紙，一張是鄧麗君在民國八十二年勞軍演唱會的新聞報導，好大的篇幅配上醒目的標題：「永遠的情人——鄧麗君」。另一張是八十三年的新聞剪報，版面上有個令人振奮的大標題：「永遠的黃埔」。兩張報紙都刊登著穿了桃紅色衣裙、展露甜美笑容的鄧麗君。新聞報導了她演唱的實況，並詳述阿兵哥對她的喜愛。看完剪報，定華終於知道爲什麼爺爺喜歡鄧麗君了。原來鄧麗君是爺爺心中「永遠的情人」！

鄧麗君出生在雲林縣褒忠鄉，天生有一副甜美歌喉。她從讀小學的時候就開始四處登台唱歌勞軍，帶給國軍官兵無比的歡樂。她天眞無邪的笑靨，令人忘憂。她不但在國內有優異的表現，在日本也連續獲得好幾屆的年度歌唱大獎，婉約動聽的歌聲風靡東瀛，歷久不衰。

中國大陸文化大革命之後，鄧麗君的歌聲也傳到大陸，成爲最知名的歌星。當時大陸人都說：「白天聽老鄧的，晚上聽小鄧的」，老鄧就是當時中國大陸的最高領導人鄧小平。「小鄧」鄧麗君的歌聲征服了所有中國人的心。

文化大革命剛結束時，被迫到鄉下勞動的知識青年陸續回到城市的家。臨道別時，他們不知何時才能再見，就以傷感的心情唱起鄧麗君的《何日君再來》，互道珍重。聽鄧麗君的歌，帶給他們複雜的情緒和感動，他們殷切的希望鄧麗君能到大陸，唱歌給他們聽。

然而，鄧麗君一生都沒有去過大陸。因爲她的父親曾告訴她，除非是光復大陸，否則不要回去。她對台灣執著的愛，只好讓大陸同胞失望了。

定華的爺爺也一樣。他從民國三十八年跟隨部隊來台之後，曾戍守台灣本島、澎湖、金門、馬祖等地。退役後雖然去過大陸探親，但他決心定居在自由、安定、又富人情味的寶島台灣，當個道地的台灣人。

「……看似一幅畫，聽像一首歌，人生境界眞善美，這裡已包括……」鄧麗君的歌聲，陪伴爺爺回憶生命中眞善美的每一刻。

（吳嘉玲）

我也很愛聽《小城故事》這首歌，好像左鄰右舍的鄉親在話家常呢！

這首歌裡的「小城」在哪兒？我真想去「做客」，一睹小城的風采。

這首歌可以用來描寫台灣各地的小城景色。只要我們用心體會，就會發現，原來小城就是我們的家。

背著國旗跑的風速女王

王惠珍為國家的榮譽而跑

一九九一年，王惠珍在英國雪菲爾世界大學生運動會上，贏得女子二百公尺金牌，這是台灣在國際田徑大賽中所獲得的最佳成績。當記者們問她獲得金牌的感想時，她說：「我願意用這面金牌，換取升起我國的國旗。」台灣因爲受到中共打壓，在國際體育競賽中只能使用「中華台北」的名義，升旗不能升國旗，只能升我國奧運會的會旗；得了金牌不能奏國歌，只能奏國旗歌。王惠珍說出大家的心聲，很多人都感動得哭了。

王惠珍小的時候立志當護士，但因爲有田徑方面的天賦，國中畢業後就以體育保送生的資格進入中國工商專校。

專二升專三時，王惠珍開始跟隨蔡榮斌教練練習短跑。蔡教練告訴她：「我不只是訓練妳成爲全臺灣第一，還要妳在國際大賽中得到好成績。」她父親也勉勵她：「要練，就要練出名堂，不要成爲半吊子。」從此王惠珍展開長達十三年的運動員生涯。

當運動員很辛苦，要想在國際體壇上闖出佳績更是辛苦。一年三百六十五天，沒有國定假日、過年、過節，而且不管颱風下雨，每天都要練習七、八個小時。跑到累了、哭了，還得繼續跑。每天的訓練課程都不一樣，要是今天沒有達到要求，明天就得補上。訓練不能中斷，必須按部就班，才能累積出好成績。

當同齡的女孩去看電影、逛街、聊天時，王惠珍的活動地點只有運動場和學校。她咬緊牙關，拚命練習，參加國際比賽，屢次獲得好成績。

一九九一年，王惠珍在英國雪菲爾世界大學運動會獲得二百公尺金牌；一九九二年，打破紀政的二百公尺亞洲紀錄；一九九三年，獲上海第一屆東亞運動會一百公尺、二百公尺金牌；一九九四年，在日本廣島亞運會獲一百公尺銀牌和二百公尺金牌。這段時間，王惠珍成爲田徑場上的風雲人物，媒體給她「風速女王」的稱號。

然而，風速女王王惠珍常說，她並不喜歡運動，能夠堅持十幾年，是把

運動當成自己的責任。

她說：「我們國家受到不公平待遇，如果在國外拿到金牌，就能提升國家的地位。我跑得比別人快，自己又有這方面的天份，何不替國家多跑一些，多打點知名度！就是這樣的念頭，使我不斷的向前衝刺。」（張百器）

王惠珍並不喜歡運動，只因為愛國，希望讓外國人多多知道台灣，才拚命的跑，真讓人感動。

王惠珍是位愛國愛鄉的人，把國家的榮譽當成自己的責任，她曾說自己是個「背著國旗跑的人」，也就是爲國家的榮譽而跑。她一九九六年退休，可是當二〇〇〇年區運會在台南縣舉行時，因爲她在台南縣出生，她公公生前希望她能代表台南縣出賽，於是她又穿上跑鞋參加比賽，賽前她說：「得不得名都沒關係，因爲這是爲我公公而跑的。」

可惜台灣只有一個王惠珍。

台灣的愛國運動員還有很多，像是得過兩次奧運跆拳道表演賽金牌的陳怡安，在得到金牌時就說：「我要把這面金牌獻給我的國家。」當時跆拳道雖然是表演賽，要奪得金牌還是很不容易。除此之外，還有早期的紅葉少棒隊，優異的表現不但贏得了好成績，也凝聚了台灣人民的團結和熱情。

那我們國家應該多多栽培運動員囉！

其實不只是運動員，在各行各業都有人以自己的成就爲國家爭取榮譽，直接或間接的提升國家的地位。例如二〇〇一年去韓國參加網路遊戲大賽的曾政承，當時只有十七歲的他，因爲奪得冠軍而使台灣的知名度又提升不少。爲國家爭取榮譽，可不只有一種方式呢！

不服輸的跆拳小金剛

陳詩欣踢出台灣人的驕傲

一個十六歲不到的年輕女孩，就已經連續贏得兩面世界盃跆拳道的金牌，接下來的目標，一定是奧運金牌吧！

當所有人都理所當然的認爲奧運金牌是她下一個目標時，這個年輕卻很有個性的女孩——陳詩欣，卻不這麼想。

她想到的是，從五歲開始就在教練爸爸的嚴格管教下練習跆拳道，不能像其他小朋友一樣隨心所欲的玩樂；而且爸爸每次處罰學生，總是先拿她開刀，下手還特別重，實在很無情！加上她從國小就開始拿金牌，成績出色，使得其他選手不敢接近她，也不好意思跟她一起練習，讓她覺得很孤獨。

別人羨慕陳詩欣輕輕鬆鬆拿金牌，她卻覺得自己很可憐，沒有童年，也沒有朋友！

於是就在拿到第二面世界盃金牌之後，她收起跆拳道道服，一個人離家出走了。離家出走，聽起來像自我放逐，但陳詩欣並不是漫無目標的遊蕩，她立志要存五十萬，證明自己可以自力更生。

在台中三年，陳詩欣做過不少工作，待過檳榔攤、電動玩具店、服飾店，也擺過地攤。在喧囂的馬路邊遞檳榔，在嘈雜的電動玩具店替客人清煙灰缸、送飲料，擺地攤跑警察、被黑道索取保護費……社會的眞實面貌，她都看在眼裡，五光十色的假象不曾使她迷惑，她也漸漸體會到，離開了家，世界並不是原來想像的那樣海闊天空。她省吃儉用，努力存錢，不因爲身在花花世界、遠離家人而放縱、放棄自己。

三年後，不服輸的陳詩欣眞的存足了五十萬，達成自己的目標，而且她也想通了，不再用叛逆的眼光看待過去。選在爸爸生日那一天，陳詩欣提了一個蛋糕回家，想爲爸爸慶生。因爲情怯，她在家附近徘徊了好久，因爲她不知道家人會有什麼反應。

其實擔心是多餘的，爸媽早就盼著她回家了！她的出現，就是爸爸生日最大的賀禮。出走這段時間，陳詩欣成長了不少，而她的爸爸也有了反省深

思的機會，現在他們更願意去體會對方的心情了。

迷途知返，是值得欣喜的事，但陳詩欣還是爲此付出了代價。回家後，她爭取參加二〇〇〇年雪梨奧運的培訓，可是因爲荒廢三年，自己的體能狀況並不好，比賽的感覺也還沒找回來，失去了爲國出征的機會。經過這個難堪的階段，陳詩欣體會到，獲勝不是理所當然，因此更加緊練習，用最嚴格的標準要求自己。

二〇〇四年雅典奧運，二十六歲的陳詩欣就在八月二十六日那天，擊敗古巴對手，爲台灣奪下了第一面奧運金牌。在她獲勝的那一刻，全國人民都爲之瘋狂，她多年的努力，也終於獲得最高的報償。

（李美綾）

台灣在二〇〇四年雅典奧運的成績很不錯耶，我記得陳詩欣和朱木炎都拿到跆拳道比賽的金牌，大家都好感動哦！

運動員參加國際比賽，代表的就是自己的國家。當他們表現傑出，不但

爲自己爭取了榮譽，也使自己的國家受到肯定和尊敬。爲了尊榮金牌得主以及他們的國家，在頒獎時會升國旗、播放國歌。看到自己的國家和選手在國際場合受到注目，我們當然與有榮焉！許多體育競賽都很強調團隊精神，發展體育不但能增進健康，更能藉由競賽凝聚全民的向心力，眞是一舉兩得！

陳詩欣很厲害，不過她爸爸會不會對她太嚴格啦？

陳爸爸本來就是很嚴格的教練，加上他知道陳詩欣是眞的有天份，經過訓練後一定可以大放異彩，在期待高的情況下，有時難免「愛之深，責之切」。其實，資質普通的人固然要努力求進步，有天份的人也不可能坐享其成，必須勇於挑戰自己，才能精益求精。我們在各項體育活動中看到的出色運動員，背後絕對付出了難以想像的努力！

陳怡安的金牌光芒

這份榮耀不只是自己的！

（李美綾）

陳怡安，生於台北，七歲學跆拳道，十五歲參加亞洲錦標賽獲得銀牌後，屢次在國際比賽中締造佳績，尤其在一九八八及一九九二年連續兩屆奧運會奪得示範賽金牌，深深鼓舞人心。自政治大學企管系畢業後，曾任化妝品公司行銷企劃、體育新聞主播、節目主持人等。對手工製品很有興趣，著有《香皂自己做》、《愛上編織》、《編織的第一本書》（皆由傳統色出版）。

您是從什麼時候開始學跆拳道的？

我是從七歲開始學跆拳道。小時候爸媽都很忙，我爸爸是職業軍人，都待在營區裡，媽媽則要做好幾份工作，晚上沒有時間照顧我和弟弟。以前的小學生放學回家就是看卡通，我爸媽想讓我們學點東西，因爲附近剛好有個跆拳道館，就讓我和弟弟去學。

在道館，每星期一至六都要練習，感覺上就是小孩子在一起玩。十三歲時我參加一九八八年奧運選拔賽，跟許多年輕的選手一起到高雄左營去參加培訓。在培訓中心見到了許多國手前輩，大家練習都很認眞，每天要練習五到八個小時。

不過教練比較重視國手的訓練，對於我們這些年輕的選手不是那麼重視，好像來這裡只是陪國手練習。雖然不被看好，我們還是盡量去試。剛滿十五歲時，我選上了一九八八年亞洲錦標賽國手，那是第一次參加國際比賽（獲得銀牌），第二次則是八八年的奧運（獲得金牌）。

代表國家出賽的心情是怎麼樣？

我算是很好勝、而且很認眞的小孩，去參加比賽雖然會緊張，但總是盡力而爲。

八八年的奧運有很多好手去，大家的焦點都在他們身上，我年紀最輕，不會有人注意到我，也不會覺得背負什麼責任，反正就是去打。但是比賽就是要贏，當然希望自己會贏。

一九九二年再參加奧運時，比較了解自己被賦予的是什麼樣的使命，再加上有八八年金牌的成績，大家都期望我能繼續爲國爭光，壓力相對大很多，而且各國選手也都熟悉我，研究過我的打法，所以在心理上和比賽對打時，都比較辛苦。

比賽時就是希望自己能表現得很好，除了爲國爭光，也是爲自己爭光。我覺得我當一個選手，一定要自己很喜歡這件事，自己很想贏，然後才能夠爲國爭光。

贏得金牌是什麼感覺？

在比賽的場合，每個國家的觀眾都會用可以代表自己國家的方式來爲選手加油，聽到華僑用熟悉的語言叫著我的名字，爲我加油，那種感覺跟聽到別的國家的語言是很不一樣的。

得到金牌，除了高興之外，看到自己國家的會旗（不能升國旗）被升到最高的位置，覺得那是一種榮耀。然後在播放國旗歌（不能播放國歌）的時候，全部的人都要起立、肅靜，在那樣的氣氛中，會覺得是因爲選手的表現，使得自己的國家受到所有人的重視和尊敬，這份榮耀不只是自己的！

兩次參加奧運時我還很年輕，感受還不是那麼深刻，印象最深的是在九八年亞運會（獲得金牌）。當時在泰國曼谷舉行，有很多很多的華僑去，因爲頒獎台和觀眾席很近，頒獎時我能感受到華僑那種由衷的「感謝妳爲國爭光」的興奮心情，看到他們聽國旗歌、看會旗升起時的表情，自然而然覺得自己做了一件很棒的事情。我覺得這是所有人共同激發出來的一種氣氛，我想這個國家的凝聚力還是有的。

您的傑出表現影響了許多人，這個您知道嗎？

記得我在九七年爲了參加二〇〇〇年奧運選拔賽，重新開始練習，跟我一起練習的學妹告訴我：「學姊，我小時候就看妳比賽，看了妳的比賽，我才決定自己一定要去參加奧運。」我覺得很有趣，我影響到我的學妹想要去做這樣的事情，而後來我們又成爲對手。我想我們的投入能激勵更多的人，可以鼓勵良性的競爭，讓每個人都更好。

在跆拳道方面成績那麼優異，這段過程對您的人生有什麼影響？

以前比賽時我都要贏，要是輸了就非常難過。現在我對自己的要求還是很高，做事都要求自己要有很好的表現，但對於結果反而不會那麼在意了。每個人在成長過程中有不同的經歷，在每個階段我都心存感激的去看待每次的機會，因爲無論成功或失敗都會帶來經驗，就是去享受這個過程。如果每次都是贏，不了解輸是什麼樣的心情，那麼贏對我來說也沒有意義。這就是我在過程中的體會。

這裡就是我們的家

劉銘傳建設台灣，留下了什麼？
日本殖民台灣，帶走了什麼？
台灣的經濟奇蹟是誰創造出來的？
巷子口的老樟樹，有沒有一百歲了？
全球的筆記型電腦，有百分之七十是台灣做的。
認識外國新朋友時，該怎麼介紹台灣呢？

驅逐荷蘭人之後

鄭成功開啓漢人主導台灣的局面

一五四四年，葡萄牙商船經過台灣附近，只見陸地上一片蒼翠，不禁高呼：「Ilha Formosa！」意思是「美麗之島！」這就是台灣別名「福爾摩沙」的由來。

葡萄牙人發現台灣時，台灣還是原住民的天下，他們分成很多族，每一族有很多部落，過著以農耕爲主、狩獵爲輔的生活。

原住民沒有文字，也就沒有歷史記載，但根據學者的研究，原住民也是移民，他們是六千多年前從中國大陸南方遷移過來的。原住民的祖先到了台灣，有些以台灣爲跳板，繼續向外遷移；那些未曾繼續遷移的，就發展成日後的原住民。

葡萄牙人發現台灣後八十年（一六二四），荷蘭人在現今台南安平一帶登陸，建立城堡。隔了兩年，西班牙人也在基隆建立城堡。到了一六三六年，西班牙人退出台灣，台灣成爲荷蘭人的地盤。

荷蘭人向原住民徵收鹿皮，用來出口，又招來大批漢人幫他們種植水稻和甘蔗。在這之前，漢人來過台灣的大多是海盜，定居下來的少之又少。在這些海盜中，最有名的一位就是鄭芝龍，也就是鄭成功的父親。

西元一六四四年，清兵入關，建立清王朝。鄭成功以金門和廈門作爲基地，起兵抗清。轉戰十幾年，他覺得必須有個較大的根據地，才能和清兵周旋，於是將目光投向台灣。一六六一年，鄭成功率領兩萬多大軍在台南登陸，打敗荷蘭人，在台灣建立第一個漢人政權。鄭成功沿用明朝的年號，所以史學家將鄭成功建立的政權稱爲「明鄭」。

鄭成功到台灣才一年多，就得急病死了，只活了三十九歲。他的兒子鄭經繼位，力量漸漸減弱，自動放棄金門和廈門，退守澎湖和台灣。到了孫子鄭克塽，海軍在澎湖被清兵殲滅，只好向清軍投降。

雖然明鄭在台灣只維持了二十二年，影響卻無比深遠——明鄭開啓了漢人主導台灣的局面，也使得台灣和中國發生瓜葛。試想：要不是鄭成功驅逐荷蘭人，利用台灣做爲反清復明的基地，清朝怎會對台灣用兵？如果荷蘭人繼續佔領台灣呢？漢人就不可能入主台灣，台灣將和菲律賓、馬來西亞、印尼一樣，成爲以原住民爲主的獨立國。總之，要是沒有鄭成功，歷史將會整個改寫。

（張之傑）

鄭成功只是利用台灣做為反清復明的基地吧？

鄭成功沒佔領台灣之前，他的根據地是金門和廈門。台灣比金門、廈門大得多，當他知道荷蘭人在台灣的駐軍不過一千五百多人，就決定攻佔台灣，作爲反清復明的基地。他驅逐荷蘭人，完全是基於戰略考量，並不是對台灣有特殊的感情。

聽說鄭成功攻打台灣時，給荷蘭統帥寫了一封信，說台灣原來是中國的，要荷蘭人還給他。

鄭成功給荷蘭統帥揆一的信，的確是這麼寫的，不過這不是事實。鄭成功爲了攻佔台灣，當然會找個理由出兵，總不能說「我看中了台灣，我要搶你的」。

這樣看來，鄭成功並不是真的為台灣好！

鄭成功是個英雄，歷史上的英雄大多帶點霸氣。不管怎麼說，他是對台灣影響最大的一個人，這個事實誰也否定不了。

清廷治理下的兩百多年

劉銘傳使台灣成為最進步的省份

西元一六八三年，清廷派施琅攻台，鄭克塽投降，結束了明鄭政權。施琅原是鄭成功的部將，因爲鄭成功殺了他的父親和弟弟，他就投降清朝。康熙皇帝派他訓練海軍，負責攻打台灣。

鄭克塽投降後，許多大臣認爲台灣距離大陸遙遠，不好控制，乾脆放棄算了。施琅堅決反對，他說：「台灣地理位置重要，如果放棄，就會成爲海盜和外國人的根據地，對中國構成威脅。」康熙採納他的建議，設立台灣府，正式納入版圖。

清廷對台灣仍不放心，就頒布「渡台禁令」，嚴格限制漢人來台。然而，未開發的台灣，對閩南、粵東一帶的貧民太有吸引力了，不論政府怎麼禁止，都止不住人們偷渡到台灣。當時的偷渡者中，女子很少，偷渡成功的男子後來大多娶原住民為妻，「有唐山公，無唐山嬤」的俗諺就是這麼來的。

清領初期，台灣的漢人約有十萬，大多住在嘉南平原一帶，其他地區仍是原住民的天下。隨著漢人增加，開墾區擴大，不可能不影響到原住民。漢人把住在平地的原住民叫作「熟番」或「平埔番」，把住在山地的原住民叫作「生番」。到了清代中晚期，平埔番大多已被漢人同化了。

清領時期的台灣仍是邊陲地區，朝廷對台灣的治理並不積極。當時台灣各地經常發生械鬥，甚至民變，因而「三年一小反，五年一大反」。派來台灣的官吏，好的固然可以做得很好，壞的因為「天高皇帝遠」，就會做得比在大陸時更壞，這或許是台灣民變較多的原因之一吧？

西元一八五八年，英法聯軍攻進北京，清廷被迫和英國、法國簽訂「天津條約」，開放十處通商口岸，其中一處就是台灣的淡水。台北盆地適合種茶，所產茶葉在大稻埕（在台北市）加工，由淡水輸出，台北因而迅速繁榮起來。後來台灣建省時，省會選擇了台北，而沒選擇「府城」台南。

清朝末年，帝國主義的侵略愈來愈嚴重，清廷開始重視對台灣的治理。一八八三年爆發中法戰爭，翌年清廷派劉銘傳到台灣辦理防務。一八八五年台灣建省，劉銘傳成爲第一任巡撫（相當於省長）。

在劉銘傳任內的七年間，低山地區的「生番」紛紛納入漢人社會，減少了所謂的「番害」。在建設方面，他設立軍械局、火藥局、樟腦局、礦物局等機構，又修築炮台、創設郵政、架設電報線、修築鐵路，使台灣成爲全中國最進步的省份。

可惜就在劉銘傳卸任後的第四年（一八九四），中日爆發甲午戰爭，中國戰敗，翌年就把台灣割讓給日本了。

（張之傑）

要不是施琅努力爭取，康熙皇帝可能會放棄台灣，這樣看來，施琅也是影響台灣的重要人物嘍？

當然是了，要是康熙沒採納施琅的建議，台灣的命運肯定和現在不一樣。施琅也是個英雄，但命運使他走上和鄭成功不一樣的道路。

「有唐山公，無唐山嬤」，這麼說，我可能也有原住民的血統。

漢族本來就不是個「純粹」的民族，在歷史上，北方的漢人不斷融入游牧民族的血統，南方的漢人不斷融入當地原住民的血統，台灣的例子並不稀奇。

想不到台北的發展竟然和茶葉有關，台灣不是也出口糖和樟腦嗎？茶葉難道比糖和樟腦更重要嗎？

淡水開埠之後，台北盆地的茶產量一日千里，大約十年後，茶葉已佔全台灣出口總值的百分之五十四！數字會說話，當時茶葉的重要性已不言可喻了。

甲午戰爭後的犧牲品

日本殖民台灣，獲取特殊利益

西元一八九四年，中日發生甲午戰爭，中國戰敗，翌年簽訂馬關條約，把台灣和澎湖割讓給日本，自此開啓台灣五十年的日治時期。

割讓的消息傳來，台灣人又氣憤又惶恐，爲了自救，就組成「台灣民主國」，試圖以自己的力量保衛家鄉。日軍登陸後，各地軍民奮勇抵抗，無奈實力過於懸殊，台灣民主國很快就滅亡了。

日治時期，台灣屬於日本的殖民地，在日本政府的治理下，台灣比中國其他省份提前近代化。舉例來說，日治初期，日本在台灣各地設立「公學校」（國民小學），實施國民教育，而當時絕大多數的中國人還不知道國民教育是什麼呢！

在建設方面，日本人建成縱貫鐵路、日月潭發電廠、烏山頭水庫等重大工程，使得人民的生活水準提高。在改良風俗方面，日本人革除了纏足、辮髮和隨地吐痰等惡習。反觀大陸各地，隨地吐痰到今天仍處處可見！日本的確爲台灣留下不少好的遺產。

然而，台灣畢竟是日本的殖民地，日本人在台灣的所作所爲，都是爲了日本的利益，殖民國是不會把殖民地的人當作自己人的。舉例來說，爲了推行「國語」（日語）、提高生產力，就全力發展國民教育；另一方面，爲了便於統治，又實施愚民政策，嚴格限制台灣人升學。以台北帝國大學（現在的台灣大學）來說，直到日治末期才開始招收台灣學生，而且人數十分有限。

再舉一個例子，日治時期日本把台灣當成糧食生產基地，但日本人吃不慣台灣米（在來米），於是培育出近似日本米的蓬萊米，讓農民種植。蓬萊米收成後運往日本，辛苦種植的農民反而難得享用。

日治初期，各地反抗事件不斷；到了中期，反抗事件漸漸少了。這一方面是因爲日本的統治已經穩固，一方面是因爲人們有了經驗，知道對付日本不能硬幹。當時反抗運動的領袖以林獻堂和蔣渭水爲主，他們主張在體制內向日本爭取平等。雖然他們的努力沒能成功，卻成爲台灣民主運動的源頭。

一九三七年七月七日，日本發動蘆溝橋事變，全面侵略中國。這時日本政府感到人力不足，希望盡快把台灣人變成日本人，於是推行「皇民化運動」。台灣人只要具備「皇民」的資格，經過申請，改成日本姓名，就可以享受和日本人同等的待遇。不過這個運動推行得太遲，成效還沒顯著，日本就戰敗投降了。（張之傑）

聽說日本警察很兇，動不動就會打人。

殖民國對殖民地無一例外，全都實施警察統治。以台灣來說，日治初期和中期，警察都是日本人；到了末期，基層警察才有台灣人。當時的警察可以直接指揮保長（里長）、甲長（鄰長）和地方組織「壯丁團」，不但可以隨手打人，還可以抓人，權力大得很呢！

常聽老一輩的人說日本時代如何、如何，看來他們很懷念日本。

老人都會懷念年輕時光，或許和日本統治無關。眞正懷念日本人的，恐怕是那些曾經皇民化的台灣人。當時全台灣有五百萬人，皇民化的只有十幾萬人，算起來是少數。

皇民化的台灣人，是不是覺得自己比別人高一等？

作家黃春明先生曾說，日本戰敗投降時，他父親哭了，但他祖父不解的問：「我們打贏了，你哭什麼？」由此可見，他父親和他祖父已經有認同上的分歧。

的確，經過五十年的統治，當時許多年輕一輩的台灣人都已認同了日本。這些人現在已七、八十歲，日治的記憶不會完全消失。

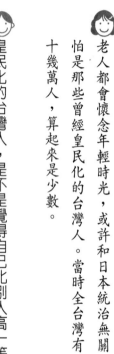

從復興基地開始

建設繁榮富庶的美麗之島

西元一九四五年，也就是民國三十四年，日本戰敗，台灣歸還給中國。對於回歸祖國，絕大多數的台灣人都很高興，尤其是在清領時期成長的老人，更是高興。

然而，中國經過八年抗戰，已經殘破不堪，戰後緊接著又是內戰，國民政府根本無暇顧到台灣。當台灣人看到政府派來的軍隊沒有日軍威武，公務員沒有日本的廉潔，回歸的熱情就慢慢消退了。

另一方面，奉派來台的軍人、公務員和教師，他們經過八年抗戰，恨透了日本人，當他們看到台灣充斥著日本文化，對台灣人就產生了輕視心理。

除了文化上的衝突，戰後經濟困難，社會問題嚴重，種種問題激盪下，民國三十六年終於爆發了「二二八事變」。事變初期，台灣人攻擊從大陸來的外省人，要求自治，甚至獨立；接著政府派兵鎮壓，殺了不少台灣人。

當時政府並不把二二八事變看成大事，但是蔣中正總統萬萬沒有料到，內戰會敗得那麼快、那麼慘！不到兩年，大陸各省相繼淪陷，台灣成爲他最後的依靠。民國三十八年，他流亡到台灣，開啓了歷史的新頁。

蔣中正率領政府遷台，對台灣的影響無與倫比。第一，邊陲的台灣，初次成爲政治及文化中心；第二，跟隨政府來台的一百多萬軍民，爲台灣帶來了新的文化以及新的遺傳；第三，台灣因而割不斷和中國的瓜葛。

日治時期，日本人不准台灣人當公務員，末期雖然稍微開放，但人數極少。日本人允許台灣人當小學老師，但中學以上的老師幾乎都是日本人。光復後，從大陸來的公務員和教師塡補了日本人的空缺。政府遷台的頭一、二十年，從中央到地方，幾乎完全由外省人主導。在中央，外省人更主導了將近四十年，難怪台灣澈底被中原化了。

蔣中正吃足了共產黨的苦頭，遷台後難免防範過度，異議人士常被說成「匪諜」，一判就是十幾年徒刑。蔣中正又實施「戒嚴」（軍事管制），限制人民自由。這些獨裁措施飽受批評。另一方面，蔣中正在台灣整訓軍隊、實施土地改革、發展教育和經濟，也做了一些事。當他去世時（一九七五年），台灣已有相當可觀的基礎了。

國民政府遷台初期，台灣成爲「復興基地」，蔣中正一心想反攻大陸。但是台灣的力量有限，國際情勢也不配合，反攻大陸成爲口號。到了他兒子蔣經國當政，已少提口號，集中力量從事建設，晚年解除戒嚴，開放大陸探親，開明的作風，贏得很多人讚賞。

西元一九八八年，也就是民國七十七年，蔣經國去世，副總統李登輝繼任。李登輝主政十二年，落實了本土化和民主政治，外省人逐漸退出政治舞台。民國八十九年的總統大選，民進黨的陳水扁當選，政權和平轉移，這意味著台灣的民主政治已經更成熟了。（張之傑）

蔣中正先生對台灣的影響很大。

對外省人來說，蔣中正把他們帶到台灣，才能免於中共迫害；對台灣人來說，要是蔣中正不帶著軍民流亡到台灣，就沒力量阻止中共「解放」。因此，對外省人和台灣人來說，蔣中正都是有功有過。我們批評歷史人物，要從大處著眼，才不致偏頗。

我們同學間已分不出誰是外省人、誰是台灣人了。

這是自然現象，再過幾十年，就更分不出來了。對於老一輩的外省人不認爲自己是台灣人，我們不應該責備他們，他們也有鄉土之情啊！當大家的生活經驗更加一致時，全民一致的台灣意識就會自然而然的形成。

救救巷子口的大樟樹

守望相助，珍惜老樹

小玲每天上下學，都會經過巷子口的那棵大樟樹。大樟樹總讓小玲想起爺爺，記得以前爺爺還在的時候，常常帶著她在樹下乘涼。

「這棵樟樹應該已經活很久了！」爺爺曾對小玲說：「我和奶奶剛結婚搬到這裡來，它就已經在這裡了，那時附近還沒有這麼多房子呢！你爸爸小時候啊，有一次爬到樹上去，結果……」爺爺喜歡講許多有趣的往事給小玲聽，特別是爸爸小時候調皮搗蛋的糗事。

小玲很喜歡這棵樹，覺得它又高又美麗，在陽光下更是綠得耀眼。有一天她去上學，經過大樟樹，聽到有鳥叫的聲音從樹上傳出，仔細一看，發現有一對白頭翁在樹上築巢，小玲興奮得看了好久，上學差點遲到。

那天一放學，小玲便迫不及待的回到大樟樹下，從此「觀察白頭翁」成了她每天最快樂的事。

星期三下午，小玲放學回家，看到有兩名工人站在大樟樹下，其中一個人還拿著一把很大的電鋸，兩個人對著大樟樹指指點點。小玲覺得不對勁，便過去問他們：「叔叔，請問你們在做什麼？」

「我們要鋸樹。」高個子的工人回答，而且開始啓動電鋸，馬達聲隆隆作響。巨大的聲響很快的引起附近居民的注意，有好幾個人走出來查看到底發生了什麼事。

「停！停！你們爲什麼要鋸樹？這棵樟樹不能鋸！」大嗓門的陳太太一看到電鋸正架在大樟樹的腰上，馬上大聲阻止，堅持不讓工人鋸樹。居民們一聽說大樟樹要被鋸，紛紛聚集過來，大家的情緒都有些激動，工人們只好停下電鋸，請「林先生」來向大家解釋。

原來工人是剛搬來社區的林先生所僱用的。林先生的房子正好緊鄰著大樟樹，他發現大樟樹的枝葉茂密，遮蔽了他家的採光，大量的落葉更造成清掃的負擔，而且颱風季節來臨時易生危險，所以他乾脆請人來修剪。

「修剪可以，但是沒必要把樹攔腰鋸斷吧？」陳太太發言。

工人們有點不以爲然：「我們公司一向都是這樣做的啊！雖然鋸掉，樹還是活得好好的，而且幾年內都不用再修剪，很方便。」

「可是，這樣一來樹變得光禿禿的，好醜！而且小鳥的家也會沒有了！」小玲難過的說。

「像這樣可以乘涼的綠蔭，要多少年才長得出來？」喜歡和老鄰居在樹下下棋的李爺爺，對大樟樹有著深深的感情。

「是啊，而且一下子失去大部分的枝葉，會影響生長的！」你一言，我一句，每個人都替老樹說話。

「林先生，你的難處我們了解。該如何修剪，我們一起去請教園藝專家，費用大家平均分擔嘛。這棵樹是我們社區共有的寶貝，讓我們一起來照顧它，好嗎？」

林先生搔了搔頭，有點不好意思的說：「其實當初我也是被這棵大樹吸引才決定搬到這裡來的，沒想到因爲修剪欠缺考量，引起這麼大的風波。對不起。」

（薛文蓉）

幸好大家及時阻止了工人，老樹才沒有被鋸斷。

社區居民關心自己的環境，且願意挺身而出，就能使環境變得更好。整個社區的環境是大家共有的，不該自掃門前雪。舒適美好的家園建立之後，人與人的情感也會更融洽。

樟樹有個味道好香哦！

樟腦及樟腦油就是從樟樹提煉出來的。台灣的山林曾經有著許多樟樹，在日據時代，台灣出口的樟腦曾佔全世界的百分之七十，但大量樟樹也因此消失，到了後來，樟腦產品可以人工合成，原本興盛的樟腦產業就隨之沒落了。

樟樹是台灣的原生樹種，生命力強、樹形美觀，因此成爲極受歡迎的行道樹，苗栗、雲林、南投、台南各縣都將樟樹選爲「縣樹」呢！

爲了愛，我們都要戴口罩

對抗疫病，全民總動員

宜平早上起床，覺得喉嚨乾啞，說不出話，全身發熱難受。媽媽幫他量體溫，竟然發燒到攝氏三十九度，可能是扁桃腺又發炎了！

不過媽媽也想到，前一陣子台灣正流行SARS（嚴重急性呼吸道症候群）。SARS的症狀有很多，「發燒」是最明顯的指標之一，這令媽媽心中多了幾分憂心。

媽媽先打電話向宜平的導師請假，然後帶他到醫院看病。他們發現，現在看病的程序和以前不一樣了。醫院的門口設置了「體溫站」，進入醫院前必須先量體溫，確定沒有發燒才能進去。

要是發燒，就必須待在醫院外臨時設置的診察站，接受進一步的診察。要是疑似SARS，就要做更多、更深入的檢查，然後由專人護送到專門的

病房或醫院，接受密切的護理和治療。在這個過程中，醫院所有的工作人員，以及進入醫院的人，都要戴口罩。

宜平因爲發燒，所以在醫院外的診察站接受了各項檢查。醫生確定他只是感冒，領了藥就可以回家休息。宜平吃了幾次藥，燒退了，身體也舒服多了。第二天，他想上學，媽媽要他遵照醫生的囑咐：等燒退了三天，沒有再發燒，才去上學。

在家的第三天，宜平接到醫院和衛生單位的電話。原來，前兩天宜平去醫院看病時，在他前面候診的發燒病人診斷出來是SARS患者，爲了愼重，宜平和他母親需要「居家隔離」。沒多久，里長便陪著衛生單位的人員送居家隔離通知書來了。

宜平的爸爸開了一家公司，那幾天他正好出差。隔離的第二天出差回來，爲了安全，就住到附近的親戚家，每天以電話跟他們母子聯絡。宜平的爸爸很想回家，可是想到萬一宜平和他媽媽眞的染上SARS，他也得隔離，他的同事也得隔離，這樣公司接的訂單豈不是要延誤出貨了嗎？

宜平的爸爸又想：公司同事及他們的家人也可能接觸到SARS，但在感染期很難診斷出來；等到確定感染SARS，很多人都要隔離，這樣公司豈不是要垮掉！他心中做了決定：從明天起，同仁上班時都要戴口罩。

不只宜平的爸爸這麼想，很多單位的負責人都在緊急商量，是不是要強制戴口罩？最後，政府決定，在SARS傳染期間，全民出入公共場合，都必須戴口罩。

這個「全民戴口罩運動」，獲得大眾的響應和配合，成了預防SARS散播最簡便又有效的利器之一。

（吳嘉玲）

SARS好可怕哦！它把我們的經濟害得好慘。

SARS不但影響健康，也嚴重威脅全國的經濟。在SARS流行期間，外國人都停止來台灣觀光，我們自己也不敢出門逛街或旅行，許多行業因此停擺，生意人叫苦連天，眞是一場惡夢！

SARS的傳染力又快又強，簡直令人招架不住。

這是一種新型的急性呼吸道傳染病。我們的政府和醫療人員都是第一次碰到，過去沒有這方面的經驗，所以剛開始有點措手不及。還好，經過醫護人員的努力，及全民共同的配合，終於成功對抗了SARS。

聽說SARS有可能再侵犯人類，那我們該怎麼辦呢？

爲了愛我們的家人和國家，要支持政府對抗SARS的政策，一起消除疫病。譬如：全民量體溫、全民戴口罩以及居家隔離等政策，都需要大家一起來配合。

既環保又賺錢

環保愛家園，從小做起

阿明是我的國小同學，升上國中後，我們同校卻不同班。記得國二時他被班上選爲「衛生股長」，這是班上最不討好的職位，誰教阿明平時不注意教室整潔和環境衛生，不但不和衛生股長合作，還常把喝完的保特瓶亂丟，上學期的整潔比賽，他們班是全校倒數第一名。

衛生股長必須負責班上的清潔衛生和垃圾分類，這些都是阿明最不愛做的事。他覺得做這些很麻煩，每次丟垃圾，都趁沒人注意，隨便一扔，也不管有沒有扔進垃圾桶。當他被選爲「衛生股長」，要承擔這些責任時，心裡實在難以接受。

導師看出阿明的心情，特地找他到辦公室談話，談了很久，阿明才默默的回到教室，心情像是開朗了些。

開學後第二週開班會，每位當「長」的都要上台報告這學期的工作計畫。輪到阿明上台時，同學們既同情他，又覺得好笑。看他走上講台，手裡拿著一張紙，上面寫得密密麻麻。大家很好奇，不知他有什麼花樣。

「我這學期的工作計畫，不只要把班上的環境衛生做好，還要替大家賺錢。」聽到阿明說「賺錢」，大家都很驚訝，這和衛生有什麼關係呢？

「賺了錢之後，就可以買報紙和雜誌給大家看。賺的愈多，可以買的東西就愈多。」聽阿明的口氣，彷彿他已經賺了很多錢，並且也替大家想好該怎麼花錢了。

「方法很簡單，只要值日生把分類好的垃圾中，可以回收的瓶子拿到校外的便利商店換取退瓶費，換來的錢就可以買報紙。要是有多餘的錢，還可以買雜誌，全班輪著看。」

「事情都是值日生在做，衛生股長沒事做，那不是太輕鬆了嗎？」有位同學認爲不公平。

「別急嘛！我還沒說完。我會和大家一起輪流值日。」

別看阿明平常做事很脫線，當上衛生股長之後卻判若兩人，既環保又賺錢的行動計畫，當天就開始。

此後阿明的班上每天都有報紙看，每個月都有兩種雜誌讀，這對家境不好、沒有課外讀物可看的同學幫忙很大，也讓大家很有成就感。為了賺更多錢，許多同學還把家裡以及鄰居家的空瓶帶來學校回收呢！這個環保又賺錢的計畫，很快的就被其他班級爭相效法，不到一個月，全校各班都如火如荼的展開了。

那學期，阿明他們班得了全校整潔比賽第一名。阿明還當選環保小義工，受到鄉長的表揚呢！

（吳嘉玲）

我很佩服阿明，勇於承擔責任。導師一定給了他很大的鼓勵。

一個原來很自私的人，變得熱心推動公益，的確令人感動。阿明從自己做起，影響了全班、全校，甚至社區的居民。環境的整潔、美觀，要靠每個人的努力和貢獻。只要人人盡力，生活品質自然就會提高了。

廚餘
保特瓶
鐵鋁罐
獎狀

阿明的點子似乎滿多的。

阿明的確很有創意。我們的社會需要苦幹實幹的人，也需要有創意的人。阿明平時吊兒郎當，要不是當上衛生股長，有機會表現，恐怕還不知道自己很有創意呢！

這樣看來，阿明被選為衛生股長，也是很幸運的囉？

古人說：「行遠自邇」，當班級幹部是難得的學習機會。小時候當班級幹部，培養服務精神和領導能力，長大後就能把服務的範圍擴大，爲鄉土打拚囉！

跟你分享心愛的玩具

傳遞人道關懷

哲偉的哥哥剛從醫學系畢業，必須入伍服兵役，他選擇了「外交役」（外交替代役），到非洲參與醫療服務。他在臨出國前答應哲偉，會常常寫信回來給他，讓他知道非洲是什麼樣子。

不過每次哥哥寫信回來，都說那裡的人很可憐，沒東西吃、沒衣服穿、沒課本唸書……，哲偉實在不相信世界上會有這樣的地方，他覺得可能是哥哥在騙他。

有一天晚上，哲偉看到電視新聞在報導一個替代役男收集衣服跟非洲人換垃圾的事，不禁嚇了一跳，因爲前兩天哥哥寄回來的信中才寫到，要哲偉把他們小時候穿過的舊衣服整理好寄給他，他要拿去跟非洲的小朋友換垃圾，哲偉還回信罵哥哥笨呢！因爲怎麼會有人相信可以用垃圾換衣服這種事呢？想不到哥哥說的活動是眞的。

「哥哥也在收集衣服耶！」哲偉對媽媽說。

「是啊，你哥哥說他們也想學這個方法，利用兩包垃圾換一包衣服的方式，讓大家把垃圾收集起來、集中處理，這樣不但可以解決垃圾的問題、改善當地的環境衛生，也讓大家可以有新衣服穿。」媽媽說。

哲偉點點頭，原來用垃圾換衣服是有特別用意的。

「對了，哥哥還說，他想收集一些玩具給非洲的小朋友。哲偉，你把不要的玩具送給他們，好不好？」媽媽知道哲偉一向很愛惜自己的玩具，一定捨不得送人。

哲偉聽了眞的很爲難，他可沒有什麼玩具是不要的啊！「我再找找看好了。」哲偉說。媽媽不勉強哲偉，她相信哥哥可以說服他。

過了幾天，哥哥又寫信回來給哲偉，還附了幾張照片給哲偉看。照片上的非洲小朋友們正在踢足球，那裡的人都長得黑黑瘦瘦的，就連哥哥看起來也瘦了很多！

哲偉看到照片中小朋友都是赤腳，想起哥哥說過的，鞋子對當地人來說是奢侈品，那麼有玩具可以玩的人一定更少了吧？以前哥哥常在信中提到：「住在台灣眞的很幸福！」他好像有點了解了。

「媽，妳最近要寄東西給哥哥嗎？」哲偉跟媽媽說：「我也要把我的玩具捐出去。」

「太好了！」媽媽聽了很高興。「不過你眞的確定嗎？一旦寄出去，就不能要回來了哦！」

「我的玩具很多，捐一些出去，還是有很多。」哲偉回答：「那些非洲小朋友可以拿到新衣服，又有玩具可以玩，一定很高興。」

媽媽高興的說，等她募集到一定數量的衣服和玩具後，就把東西一起寄給哥哥。

哥哥收到了哲偉的玩具，回信謝謝他。信中還附了一封感謝函，是收到玩具的小朋友寫給哲偉的，他感謝哲偉送他這麼好的玩具。

哥哥在信中還說，收到玩具和衣服的人們都很高興，他們一直稱讚台灣是個很美麗的地方，有這麼多美麗的人和衣服；哥哥說，他們把一切好的人事物都稱作是「美麗的」。

（吳書綺）

聽說台灣的醫療團在國外是很有名的，捐衣服和玩具只是其中的一個活動而已。

我國的醫療團都是到比較落後又迫切需要醫療的地方，參與服務的人都是很熱誠又具有良好醫術的醫生，他們在當地所參與的活動其實不限於醫療，還包括建設醫院或孤兒院、清理環境等工作，因而在國外都獲得很好的評價與讚譽。

這感覺好像以前來台灣服務的外國醫生耶！

以前我們台灣需要幫忙，一些外國人就熱心的過來幫助我們；現在我們有能力幫助別人了，當然也要發揮人道精神，盡力提供幫助囉！

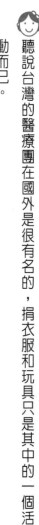

大概是台灣做的

期待提升台灣形象

幾年前的夏天，我和一個朋友結伴到英國自助旅行，因爲嚮往有風笛和格子呢裙的蘇格蘭風情，就從倫敦搭火車北上，前往蘇格蘭的首府愛丁堡。

英國國土的形狀像一隻兔子，蘇格蘭就位於兔子的頭部，它的「高地」地形很有名，我們在愛丁堡最熱鬧的街上找到一家旅行社，報名參加隔天的高地一日遊。途中會造訪傳說中有水怪出沒的尼斯湖，教人非常期待。

只是沒想到，這一趟旅程卻發生了一件不太愉快的事。

隔天早上八點鐘在旅行社門口集合，有一輛小巴士來接我們，巴士不大，約可坐十名乘客。蘇格蘭高地的風景遠近馳名，各國觀光客都有，這一車的旅客除了我和朋友兩人來自台灣，其他都是來自歐洲大陸，如法國、奧地利、瑞典等，大家以英語作爲共同的語言。

負責開車的司機兼任導遊，是大約二十五歲的男子，用濃重的蘇格蘭腔英語爲我們講解蘇格蘭的歷史以及途中經過的景點。

這天的天氣很好，車行幾個小時後，進入高地地區，這時我才明白，爲什麼要叫「高地」而非高山，因爲放眼望去都是高低起伏的山丘，雖然高度不算高，但因爲連綿不絕，形成壯闊的氣勢。遠望蔥綠的山坡上可見許多小白點，近看才知道是當地人畜養的綿羊。

進入高地不久，司機在公路邊的一座停車場停車，讓我們下車欣賞自然景致，拍照留念，大家早就等不及了。

「我們在這裡停留二十分鐘，請準時上車。」司機繼續說：「各位看到在停車場的一角有一個攤販在賣紀念品，你們不要去買，那不是蘇格蘭當地的製品，我想大概是台灣做的……」

聽司機這樣說，大家都哈哈大笑，我卻覺得很尷尬。可能是因爲這句話的關係，後來也沒有心情欣賞風景了，連看到尼斯湖也不覺得有什麼特別。

傍晚，回到愛丁堡市區，司機載我們到旅行社門口解散，臨下車前，我走到司機的座位旁邊對他說：「司機先生，我有事情想跟你講。」

「好啊。」他好像也知道我會去找他。

「你記不記得今天早上在停車場停留時，你叫大家不要去買紀念品，然後你說那『大概是台灣做的』，我覺得你拿我們的國家來開玩笑並不恰當。」

「其實我說了以後，也發覺失言了。」司機試圖解釋：「不過我並沒有特別的意思，我的意思只是說，那些紀念品可能來自任何國家，但並非蘇格蘭本地製的。」

「不過你卻指明說『台灣』，這讓我們感覺很不舒服。我相信你也不希望自己的國家被人這樣提起。」

「我真的沒有那個意思。」那個人不覺得有道歉的必要。

「來參加這個一日遊行程的，都是來自各國的旅客，他們會聽到你說的話，我建議你以後在帶團的時候，能夠注意這一點。」

「我會的。」那個人讓我下了車，繃著臉開車離去。

（李美綾）

「大概是台灣做的」，這聽起來好像我們台灣做的東西很爛。

Made in Taiwan

的確會讓人有不舒服的感覺。

為什麼外國人認為台灣做的東西不好呢？

台灣曾是世界主要的加工出口國之一，因爲人工便宜，許多國家的廠商會委託台灣代理加工各種製品，例如紀念品、玩具、雨傘、腳踏車、網球拍。因爲加工的成本低廉，品質的要求不那麼高，於是就留給外國人這種印象。

這麼說，那個司機說的也沒錯囉！

他並不清楚那些紀念品究竟是哪個國家做的，但卻憑自己對台灣的印象就說那是台灣製造，而且車上有兩個台灣旅客，這樣說是很不禮貌的。就算台灣廠商替人代工的產品不精緻，也不代表台灣這個國家是次等或

不需要被尊重的。

我懂了。如果我們能多多生產精緻的產品，行銷到世界各地，相信台灣的形象一定可以提升。

沒錯。這是我們可以努力的方向，希望未來大家看到精緻的產品，就會聯想到台灣。

我的願望實現了！

人人做外交，宣傳台灣好

這個學期一開始，我就和爸媽約法三章：如果能考全班第一名，又通過初級全民英檢測驗的話，就可以到美國的迪士尼樂園玩。

爲了達成心願，我比平時更用功的唸英文、做功課，結果學期成績公布，果然拿到了第一名，也通過了英語測驗。我興奮的一路跑回家，大聲高喊：「我可以去美國玩囉！」

出國的前一天晚上，整理好行李，爸爸跟我叮嚀：「小牧，到了國外更要有好表現哦！我們要是表現不好，可是會破壞外國人對台灣的印象呢！」

「有這麼嚴重嗎？台灣每年出國玩的人那麼多，應該沒有人會注意到我吧！」我說。

「那可說不定，想一想，如果你在路上看見一個美國人隨手亂丟垃圾，你

覺得怎麼樣？」

「我會想，怎麼美國人那麼沒公德心！」

「這就對了！其實我們人在國外的時候，就代表了我們的國家。別人也許不認識我們，但是從外表和談話當中，曉得我們來自台灣，他們對台灣最直接的印象，就是來自和台灣人接觸時的感受。」爸爸說。

我點點頭，說：「就像我喜歡我的英文老師，她是英國人，所以我對英國也有不錯的印象。我到了國外，就代表台灣的小孩，那我得注意自己的表現囉！」

到了美國，第一站是去大舅家拜訪，大舅移民到美國十幾年了，對當地很熟悉，他熱心的當嚮導，帶我們參觀了許多風景優美的名勝。我們邊走邊看，玩得很開心，有些外國人看到我，會點頭微笑，和我打招呼，問我是不是日本人，我都會很有禮貌的自我介紹：「我來自台灣，我是台灣人！」

最後，也是最讓我期待的行程，當然就是到迪士尼樂園玩囉！進入園區，才知道裡頭竟然有那麼多遊樂設施，眞是大開眼界，我心想，好不容易來了，一定要盡情玩個夠。

在排隊等著坐雲霄飛車的時候，我身後有個年紀看起來和我差不多的棕髮男生找我聊天，問我從哪裡來。這個問題我來美國這幾天已經習以爲常了，所以很流利的回答他，我來自台灣。

「台灣？這個國家聽起來很陌生，請問台灣在哪裡？有什麼特色呢？」他摸摸頭問。

這突如其來的問題讓我愣了一下。我知道，台灣在中國的東南方海上，和中國以台灣海峽相隔，不過台灣有什麼特色，我倒是從來沒想過呢！

我低頭思索了一會兒，想到平時上課，老師曾說過台灣生產的電腦和相關產業在全世界享有盛名；此外，電視上也報導過，國外很多生活用品像雨傘、衣服等，也都是台灣製造的；還有，台灣的水果種類多樣又好吃，應該也算是特色吧！我把我所知道的這些，簡單的向這位外國朋友說明。

「原來是這樣啊，謝謝你告訴我，讓我對台灣這個國家多了一些認識。」

我也很高興，能夠向外國人介紹自己的國家。這趟美國行，我不但達成到迪士尼樂園的願望，又意外的做了一次小小國民外交！

（王一婷）

原來，到了國外，我們就代表了我們的國家。

是啊！現在出國的機會比從前多了，像是旅行、交換學生，或是拜訪居住在國外的親戚朋友，都是拓展生活視野的好機會，如果在國外有良好的表現，又能讓外國朋友更了解我們生長的土地，那就更有意義了。

原來不是只有外交官才能做外交。

要讓外國朋友認識台灣，我們平時也可以多吸收一些相關資訊，對自己的家園有所了解，這樣才能讓外國朋友對台灣印象深刻啊！

徐仁修的荒野情

小時候的影響，未來會開花結果

（李美綾）

徐仁修，生於新竹，屏東農專畢業，曾任農林廳技士、我國駐尼加拉瓜農業技師，一九七七年起專事自然寫作及攝影，並多次到國內外各地深入山野探險。見台灣自然環境迭遭破壞，於一九九五年成立荒野保護協會，帶領青年學子到大自然觀察和體驗，為生態教育播種及紮根。著有多本自然寫作攝影集，知名的有《福爾摩沙野之頌》、《獼猴與我》（遠流出版）。

攝影／黃一峰

為什麼會成立荒野保護協會？

我是第一個在報上發表文章〈失去的地平線〉，呼籲大家保護台灣生態的人，那是在民國六十三年。我唸的是農業，最初在農林廳工作，負責調查台灣野生蘭花，當時我走遍了台灣高山，發現森林被砍得太厲害，就發表文章，呼籲大家不要再砍了。

在協會成立之前，大概有十年的時間，我寫文章、演講，希望大家一起來保護自然。但是個人的影響力畢竟有限，因為聽眾儘管聽了很感動，卻覺得自己做不了什麼，所以我就想把被感動的人或有觀念的人聚集起來，形成一股力量。

一九九四年，我認識了「民生健士會」，這個組織的成員大概都三十來歲，有一點點社會成就，也有一點錢，開始講究生活。我跟他們講自然生態的問題，跟他們說：「上天給你們聰明的頭腦，讓你們享受卻沒有付出，這樣不行。」他們問我怎麼辦，於是我就帶他們去野外，讓他們感受，也因此成立了荒野保護協會。

現在荒野在全台灣有十個分會，是台灣最大的綠色團體，工作重點有兩個，一個是荒野棲息地的保護，一個是兒童生態教育。

怎樣保護荒地？

做法有很多，例如一大塊土地有人要來開發，我們就在中間買一小塊土地，不讓他們一起開發，這叫「放圖釘運動」，讓企業的大屁股不能坐下來。

台灣有一種食蟲植物叫做「長葉毛膏菜」，大家本來以爲已經絕種了，沒想到我們的新竹分會在竹北的山谷裡找到了一些，但那塊地是公家的，很多人去拔都快拔光了。我們要求保護，跟新竹農會、農委會談了很久，後來那塊地就交給荒野協會來管理。我們接手時，長葉毛膏菜只剩下三十九棵，經過保護，現在有兩千多棵。

兒童生態教育是怎麼做的？

保護了棲息地，動物就能受到保護，孩子才有機會跟大自然的生物互動，否則無法跟大自然學習，不知道什麼是感動，什麼是尊重生命。我們就是教他們認識自然，了解自然跟自己的關係。

每年除了生態營之外，還成立了「炫蜂團」，是訓練國小二年級到五年級的孩子，有點像幼童軍，教授對自然的知識、經驗和觀念。每一團有三十二個孩子，加上三十二個家長。家長要一起接受訓練，這樣透過訓練孩子，也訓練了家長。每個團的家長會有五個代表到新成立的團擔任輔導員，發揮「幼吾幼，以及人之幼」的精神，把經驗傳承下去。目前我們共有五個團，希望有一天全省可以有兩、三百團。

目前的成果如何？

兒童是比較容易受影響的，一旦觀念建立之後，就不容易改變。反觀大人，講觀念他都懂，但是跟利益有衝突時，他就取利，「見利失態」——見了利益，失去生態。

生態營對孩子來說是很刺激的探險活動，例如不用手電筒走過森林，學習適應黑暗、適應大自然……孩子只要接觸過一次生態教育，就很難忘懷，這就是我要創造的「高峰經驗」。

早期我帶過的小朋友，後來長大出國留學，唸的是環境教育、環境經濟，可見小時候的影響，現在開花結果了。一九九五年第一次生態營帶的小朋友，現在已經唸大專了，有的暑假還回來做義工，一起辦活動、演講。

您去過台灣不少地方，最喜歡哪裡？

我在思源埡口住過三年，到現在還是常去，那裡應該是台灣最漂亮的地方，涼溫帶，氣溫變化非常大，海拔大概一千五百到一千九百公尺之間，是高海拔和低海拔的交界處，高海拔的蛇和低海拔的蛇會在那裡相遇。那裡的物種非常多，我曾看過台灣黑熊、獼猴、山羌等。在那裡的森林不要亂走，否則看到、踢到的可能都是稀有植物。

您如何看台灣生態的未來呢？

台灣每次選舉都在講經濟，好像除了經濟，什麼都不重要，這非常可怕。其實經濟發展是沒有止境的，大家愈來愈奢侈，對台灣沒有幫助，這樣還不如窮一點。

我提出的最高指標是「永續」，所有違反永續原則的做法都是錯誤的。例如核能發電廠用了三十年，往後五千年那塊土地都不能用了，這就違反永續的原則。

唯一能帶來改變的是生態教育，等孩子長大之後，觀念慢慢形成，台灣就有希望了。

The Eurasian Publishing Group
圓神出版事業機構
用心與你對話・視野無限寬廣

圓神出版社
Eurasian Press

http://www.booklife.com.tw　inquiries@mail.eurasian.com.tw

說給我的孩子聽 09

面對人生的10堂課——對臺灣的愛

發 行 人／簡志忠
出 版 者／圓神出版社有限公司
地　　址／台北市南京東路四段 50 號 6 樓之1
電　　話／（02）2579-6600・2579-8800・2570-3939
傳　　真／（02）2579-0338・2577-3220・2570-3636
郵撥帳號／18598712　圓神出版社有限公司
副總編輯／陳秋月
主　　編／林慈敏
策　　劃／簡志忠
審　　定／張之傑
套書主編／李美綾
插　　畫／吳司璿
責任編輯／李美綾
校　　對／李美綾・傅小芸
美術編輯／劉鳳剛
排　　版／陳采淇
印務統籌／林永潔
監　　印／高榮祥
總 經 銷／叩應有限公司
法律顧問／圓神出版事業機構法律顧問　蕭雄淋律師
印　　刷／龍岡彩色印刷
2005 年 5月　初版

定價 250 元　ISBN 986-133-072-0

國家圖書館出版品預行編目資料

面對人生的10堂課．對臺灣的愛/ 林慈敏主編.
-- 初版. -- 臺北市 : 圓神, 2005[民94]
面； 公分. -- (說給我的孩子聽系列 ; 9)

ISBN 986-133-072-0 （精裝）

1. 親職教育　2. 父母與子女

528.21　　94004320

請貼郵票

圓神出版事業機構 收

105 台北市南京東路四段50號6樓之一
Tel：02-25796600 Fax：02-25790338

對折黏貼後，即可直接郵寄

圓神20歲 禮多人不怪

您買書，我送愛之旅，一年100名！

圓神20歲，我們懷著歡喜與感激。即日起，您每個月都有機會免費搭乘世界級的「皇家加勒比海國際遊輪」浪漫海上愛之旅！

我們提供「一人得獎兩人同遊」．「每月四名八人同遊」」．「一年送100名」的遊輪之旅，希望您和所愛的人一起分享親情、友情、愛情，共度驚嘆、美好的時光……圓夢大禮，即將出航！

圓夢路線：

❶購買圓神出版事業機構（包括圓神、方智、先覺、究竟、如何）任何一家出版社於2005年3月～2006年2月期間出版的任一新書。

❷填妥您的基本資料，貼上郵資，投遞郵筒。您可以月月重複參加抽獎，中獎機會大！

❸活動期間每月25日，將由主辦單位公開抽出四名超幸運讀者！這四名幸運讀者可帶一位親友免費同行；一人中獎，兩人同遊！

❹活動期間每月5日，將於圓神書活網公布四名幸運中獎名單。

注意事項

❶中獎人不能折現。

❷中獎人出遊時間選擇（2005年、2006年各一次），其正確出發日期與行程安排，請依皇家加勒比海國際遊輪公司之公告。

❸免費部分指「海皇號四夜遊輪住宿行程」。

❹「海皇號四夜遊輪」之起點終點都在美國洛杉磯，台北－洛杉磯往返機票、遊輪小費、碼頭稅等相關費用，請自行付費。

主辦：圓神出版事業機構　　贊助：皇家加勒比海國際遊輪 www.royalcaribbean.com

活動期間：2005年3月起～2006年2月底

參加圓神20全年禮抽獎／讀者回函

姓名：　　　　　　　　　　電話：

通訊地址：

常用email：

一定可以聯絡到的電話：

這次買的書是：

服務專線：0800-212-629、0800-212-630轉讀者服務部

說給我的孩子聽系列　**面對人生的10堂課**

說給我的孩子聽系列　**面對人生的10堂課**